GEORGES FEYDEAU & MAURICE DESVALLIÈRES

# Le Mariage de Barillon

VAUDEVILLE EN TROIS ACTES

PRIX 2 FRANCS.

PARIS
PAUL OLLENDORFF, EDITEUR
28 *bis*, RUE DE RICHELIEU, 28 *bis*

1890

IMPRIMERIE GÉNÉRALE DE CHATILLON-SUR-SEINE. — M. PEPIN.

# LE
# MARIAGE DE BARILLON

## VAUDEVILLE EN TROIS ACTES

Représenté pour la première fois sur la scène du théâtre de la Renaissance, le 10 mars 1890,

GEORGES FEYDEAU & MAURICE DESVALLIÈRES

# LE MARIAGE DE BARILLON

VAUDEVILLE EN TROIS ACTES

PARIS
PAUL OLLENDORFF, ÉDITEUR
28 *bis*, RUE DE RICHELIEU, 28 *bis*

1890

## PERSONNAGES

| | |
|---|---|
| BARILLON . . . . . . . . . . . | MM. RAIMOND. |
| JAMBART. . . . . . . . . . . . | FRANCÈS. |
| BRIGOT. . . . . . . . . . . . . | MONTCAVREL. |
| PLANTUREL. . . . . . . . . . | BOUCHET. |
| PATRICE SURCOUF. . . . . . | CALVIN. |
| FLAMÈCHE . . . . . . . . . . | GILDÈS. |
| TOPEAU . . . . . . . . . . . . | CORBIÈRE. |
| UN PETIT TÉLÉGRAPHISTE. | LE PETIT BOUCHET. |
| MADAME JAMBART . . . . . . | Mmes J. AUBRYS. |
| VIRGINIE. . . . . . . . . . . . | BOULANGER. |
| URSULE. . . . . . . . . . . . . | DEZODER. |

TÉMOINS (Rôles muets.) PARENTS, INVITÉS.

---

**Pour les détails de mise en scène, s'adresser à M. E. VOIS, régisseur général du théâtre de la Renaissance.**

**— Les indications sont prises de la gauche du spectateur.**

**Nota** : Pour faciliter aux Directeurs de la province et de l'étranger désireux de monter *le Mariage de Barillon*, la reconstitution exacte de la mise en scène telle qu'elle a été établie à Paris, la maison Van Bosch a fait prendre sur le théâtre même de la Renaissance, des photographies au magnésium des principales scènes de la pièce. Les Directeurs qui désireraient se procurer ces photographies devront adresser leur demande à M. Paul BOYER, propriétaire de la maison Van Bosch, 35 boulevard des Capucins.

LE

# MARIAGE DE BARILLON

## ACTE PREMIER

La salle des mariages à la mairie. — Au fond, l'estrade du maire, — A droite et à gauche de l'estrade, et également au fond, grandes portes, donnant, celle de gauche sur les bureaux de la mairie , celle de droite sur l'extérieur. — Grande porte d'entrée à droite premier plan. — Une grande baie vitrée occupe le côté gauche. — Face à l'estrade, et dos au public, les deux fauteuils des mariés ; —à un mètre des deux fauteuils et également face à l'estrade, une banquette en velours rouge. — De chaque côté des deux fauteuils, et profil au public, deux rangées de chaises en velours pour les invités. — Sur la table qui est sur l'estrade, registres, codes, etc...

### SCÈNE PREMIÈRE

FLAMÈCHE, puis TOPEAU.

FLAMÈCHE, debout sur l'estrade, un plumeau à la main, et chantant à pleine voix la cavatine de Lucie.

O bel ange, ô ma Lucie,
O bel ange, ô ma Lucie!

Il se poignarde avec son plumeau.

TOPEAU, qui est entré de gauche, au milieu de l'air et l'a écouté avec admiration, — applaudissant.

Bravo! bravo!

FLAMÈCHE.

Vous, monsieur Topeau, vous m'écoutiez?

TOPEAU, descendant par la gauche.

Je ne vous écoute pas, monsieur Flaméche... je vous aspire!... Ah! quelle voix!

FLAMÈCHE, descendant par la droite.

Vous trouvez?

TOPEAU.

Certes! et en fait de voix, je m'y connais! Je peux dire que la musique, je l'ai sucée à la mamelle... à la mamelle de mon pére...

FLAMÈCHE.

Il était musicien?

TOPEAU.

Il était organiste.

FLAMÈCHE.

De chapelle?

TOPEAU.

Non... de Barbarie!

FLAMÈCHE.

Ah! vous m'en direz tant.

TOPEAU.

Mais comment, avec votre voix, ne vous êtes-vous pas présenté à l'Observatoire?

FLAMÈCHE.

A l'Observatoire?

TOPEAU.

Oui, à l'Observatoire de musique.

FLAMÈCHE.

Ah! le... On dit plutôt « Conservatoire. » Eh bien, mais je m'y suis présenté. Le directeur, un homme très aimable, m'a fait chanter un air... Il a été très frappé.

TOPEAU.

Ça ne m'étonne pas !

FLAMÈCHE.

Seulement il m'a dit : On n'arrive pas comme ça du premier coup au théâtre... Il faut faire un stage.

TOPEAU.

Oui!

FLAMÈCHE.

Et il m'a placé ici, dans cette mairie, comme garçon de salle.

TOPEAU.

Oui... il vous a fait entrer dans le corps du balai.

Ils rient.

FLAMÈCHE.

Voilà!... Mais j'ai la vocation et j'arriverai! Tenez, si vous m'entendiez dans ma chanson bachique.

TOPEAU.

Une chanson pas chic ?

FLAMÈCHE.

Non, bachique! c'est une chanson à boire.

Chantant.

Vive le vin,
Vive ce jus divin...

TOPEAU, passant au 2.

Ah! pas de chanson à boire. Toutes les chansons bachiques que vous voudrez, mais pas de chanson à boire.

FLAMÈCHE.

Pourquoi ?

TOPEAU.

Oh ! parce que maintenant, quand on parle de boire, je m'en vais !

FLAMÈCHE.

Tiens ! Je croyais que d'ordinaire, vous arriviez ?

TOPEAU.

Oui... mais plus maintenant. Ça joue de trop mauvais tours ! Il faut vous dire que par nature, je suis un peu...

FLAMÈCHE, qui est remonté légèrement au fond, à gauche.

Pochard !

TOPEAU.

Non, mais enfin, j'ai... j'ai le vin facile... et dans ces moments-là, ce n'est pas que je voie double, mais je vois de travers... vous comprenez comme c'est grave pour un employé...

FLAMÈCHE.

Oui... ça vous fait faire des gaffes ?

Il redescend.

TOPEAU.

Tout le temps !... Ainsi, vous ne savez pas pourquoi M. le maire m'a attrapé comme ça hier ?

FLAMÈCHE.

Non !

TOPEAU, se tordant de rire au souvenir de ce qu'il raconte.

Vous vous rappelez ce monsieur que vous m'avez amené, qui demandait un certificat de vie pour toucher un héritage ?

FLAMÈCHE.

Oui !

TOPEAU.

Eh bien, je lui ai délivré un acte de décès !

FLAMÈCHE.

Allons donc !

TOPEAU.

Vous voyez la tête du bonhomme quand il est venu pour toucher son héritage ! On lui a dit que les décédés n'héritaient pas.

FLAMÈCHE, remontant au fond à gauche pour ranger les chaises.

Evidemment... quand on est feu... on est flambé... Eh bien ! vous en faites de bonnes, vous !

TOPEAU.

Oui... Et qu'est-ce que j'avais bu ?... Je vous le demande..? Une demi-bouteille !

FLAMÈCHE.

Comment, pour une demi-bouteille ?

TOPEAU.

... De cognac, oui !

FLAMÈCHE.

Ah ! vous m'en direz tant !

TOPEAU.

Aussi, je ne veux plus entendre parler de boire !.. même en chantant !... Mais si vous avez un autre air dans votre répertoire ?...

FLAMÈCHE.

Mon Dieu ! je n'ai rien !... Ah ! si... Si vous voulez me rendre un service, si vous voulez me faire répéter mon grand air de Roméo. (Allant prendre une partition sur le bureau du maire et redescendant au n° 2.) Tenez ! voilà la partition !... vous êtes Juliette !

TOPEAU, n° 2, s'asseyant sur la banquette.

Je suis Juliette !

FLAMÈCHE.

Oui.

TOPEAU.

C'est que je ne l'ai jamais joué !

FLAMÈCHE.

Ça ne fait rien ! Vous n'avez qu'à lire.

Chantant

Ecoute, Juliette,
L'alouette déjà nous annonce le jour !

(Parlé.) A vous !

TOPEAU.

Ah ! c'est à moi ?... Mais c'est que je ne sais pas l'air.

FLAMÈCHE.

Il y a les notes.

TOPEAU.

Oui, je vois bien qu'il y a les notes, mais il n'y a pas l'air.

FLAMÈCHE.

Oui... Eh bien, ça ne fait rien, chantez sur l'air que vous voudrez... Je reprends.

Chantant.

Ecoute, Juliette...
L'alouette déjà nous annonce le jour.

TOPEAU, chantant sur l'air d'« En r'venant d'la Revue » « Je suis l'chef d'un'nombreus'famille.»

Oui, tu dis vrai, c'est le jour !
Fuis ! — Il faut quitter ta Juliette.

## SCÈNE II

LES MÊMES, BRIGOT, entrant de droite.

BRIGOT.

Pardon!... La noce Barillon, c'est bien maintenant?

FLAMÈCHE, chantant, sans s'occuper de Brigot.

Non, ce n'est pas le jour.

BRIGOT.

Comment, ce n'est pas le jour?

TOPEAU.

Chut! Taisez-vous donc!

FLAMÈCHE, chantant, et passant au 2.

Ce n'est pas l'alouette,
C'est le doux rossignol.

BRIGOT (3).

Dites donc, vous, avec vos rossignols, est-ce que vous allez nous seringuer longtemps?

FLAMÈCHE et TOPEAU.

Seringuer!

BRIGOT.

Eh bien! oui! Je vous demande le mariage Barillon, vous me dites que ce n'est pas le jour.

FLAMÈCHE.

Pardon! c'est en chantant!

BRIGOT, passant au 2.

C'est possible que ce soit en chantant, mais vous me l'avez répondu tout de même.

TOPEAU (n° 1).

En voilà un ours !

BRIGOT.

Mon neveu Barillon n'est pas encore arrivé?

FLAMÈCHE (n° 3).

Mais non, monsieur, le mariage c'est seulement dans une demi-heure.

BRIGOT.

Il n'est pas là ! Il n'aime donc pas sa femme ?

FLAMÈCHE.

Est-ce que je sais, moi ?

BRIGOT.

J'y suis bien, moi ! et je ne suis que témoin... J'ai quitté mon hôpital pour lui.

TOPEAU.

Vous étiez à l'hôpital ?

BRIGOT.

Oui, un hôpital d'animaux.

FLAMÈCHE.

Ça ne m'étonne pas !

BRIGOT, soulevant son chapeau.

Je suis vétérinaire à Troyes !

FLAMÈCHE.

C'est vous qui soignez le cheval.

BRIGOT.

Quel cheval ?

FLAMÈCHE.

Le cheval de Troie.

BRIGOT.

Vous êtes une bête !

FLAMÈCHE, de son air le plus aimable.

Merci. J'ai mon médecin.

Il remonte légèrement au fond à droite.

BRIGOT.

Assez... (Gagnant la gauche, tout en conservant le 2.) mais qu'est-ce qu'il fiche, mon neveu? Je vous le demande. Où sont-ils?...

FLAMÈCHE.

Mais puisque le mariage est pour midi!

BRIGOT.

Eh bien, il est onze heures... Moi, je suis l'exactitude même. Je n'aime pas poser... J'arrive toujours une heure d'avance. Au bout d'une demi-heure, si on n'y est pas, je m'en vais...

FLAMÈCHE.

Vous avez dû manquer bien des rendez-vous?

BRIGOT.

Quatre-vingt-dix sur cent. On ne sait plus ce que c'est que l'exactitude... Cet autre imbécile...

FLAMÈCHE.

Qui?...

BRIGOT.

Mon neveu!... Il va se marier dans une heure... Il n'est même pas là! Quand je me suis marié, moi, j'y étais deux mois d'avance... Aussi, sept mois après mon mariage, j'étais père...

TOPEAU.

Ah! vraiment Madame...?

BRIGOT, à Topeau.

Et puis, je vous prie de ne pas vous mêler de mes affaires... (Topeau sort par le fond gauche.) Allons, allez le chercher!

FLAMÈCHE, allant à Brigot qui est à l'extrême gauche.

Qui?

BRIGOT.

Le maire!... Qu'est-ce qu'il fait? Il s'engraisse aux frais du gouvernement? Où est-il?

FLAMÈCHE.

Je ne sais pas... D'ordinaire il est toujours ici à cette heure-ci. Ainsi, hier encore...

BRIGOT.

Quoi, hier? Qu'est-ce que ça veut dire, hier? Je m'en fiche pas mal d'hier!... Allons, taisez-vous! Vous m'avez l'air d'un fichu bavard, vous!

Il passe à droite.

FLAMÈCHE, à part, remontant au fond gauche.

Oh! la! la!... Il a la veine de soigner des animaux, celui-là! Ce que ses malades le lâcheraient!...

## SCÈNE III

LES MÊMES, BARILLON.

BRIGOT, voyant Barillon qui entre de droite.

Ah! le voilà!... Ce n'est pas malheureux!

Flamèche sort par le fond.

BARILLON.

Ah! mon oncle! vous n'avez pas vu ma fiancée, ma belle-mère?

BRIGOT.

Naturellement que je ne les ai pas vues. Je n'étais pas chargé de les amener.

BARILLON.

Comment ne sont-elles pas là? Ah, ça! elles n'ont

donc pas compris qu'elles devaient aller directement à la mairie?

BRIGOT.

Mais aussi, généralement, on va chercher sa femme. C'est bien le moins que le jour où on se marie, on n'arrive pas séparés! Si la mère t'attrape, ce sera bien fait.

BARILLON.

M'attraper! Elle! Ah! bien, vous ne la connaissez pas! C'est un mouton... un mouton qui lèche...

BRIGOT.

Comment, qui lèche?

BARILLON.

Oui, elle est tout le temps à vous embrasser.

BRIGOT (1).

Ça n'est pas désagréable.

BARILLON (2).

Ah! bien! sacrebleu, je vous donne ma part!... Elle est assommante! Tout le temps pendue à mon cou!... Jusqu'à présent, je me suis laissé faire... par diplomatie,... mais une fois marié, ce que je suspends le léchage!...

BRIGOT.

Plains-toi! Tu aurais pu tomber sur une bassinoire.

BARILLON.

Mais c'en est une... d'un genre spécial : la bassinoire embrasseuse...

BRIGOT.

Enfin, ce n'est pas une raison pour les faire attendre.

BARILLON.

Qui?

BRIGOT.

Comment qui?... Ta femme et ta belle-mère, parbleu! Ce n'est pas le grand Turc.

BARILLON.

Je vous demande pardon! C'est que depuis ce matin j'ai la tête à l'envers!

BRIGOT.

Le fait est que tu as une mine... Tu devrais prendre des dépuratifs... Qu'est-ce que tu as encore fait?

BARILLON.

Je n'ai pas dormi de la nuit. Nous avons soupé hier soir avec Adhémar, Zizi et Panpan.

BRIGOT.

Qu'est-ce que c'est que ça, Zizi, Panpan?

BARILLON, *prenant le bras de Brigot, ils arpentent la scène bras dessus bras dessous.*

Des camarades des deux sexes. Nous avons enterré ma vie de garçon! Vous comprenez, avant de quitter le célibat, je me suis dit : c'est bien le moins que la veille de mes noces...

BRIGOT.

Je fasse un peu la noce...

BARILLON, *quittant le bras de Brigot et s'asseyant sur la banquette qui est au milieu de la scène.*

Voilà... Et alors... de bouteilles en bouteilles, de vins en vins... le punch m'a monté à la tête...

BRIGOT.

Tu étais pochard!

BARILLON.

Oui... Et alors, vous savez, quand on est pochard, on a des idées fixes... Après le souper, j'ai croisé un monsieur dans l'escalier, un monsieur qui ne me parlait pas du tout. Et je lui ai dit : Vous ressemblez à Louis-Philippe!... Vive la Pologne, monsieur!

BRIGOT.

Mais cela n'a aucun rapport.

BARILLON.

Je sais bien, mais quand on est pochard!... Il m'a dit : « Laissez-moi, vous êtes ivre! » Là-dessus, je me suis monté, et je lui ai flanqué une gifle... Alors, bataille... échange de cartes...

BRIGOT.

Tu as un duel!

BARILLON.

Voilà!... J'ai un duel et je n'en ai pas!

BRIGOT.

Comment! Tu as un duel, et tu n'en as pas?

BARILLON.

Oui, j'ai un duel, si on veut... et si on ne veut pas, je n'ai pas de duel.

BRIGOT.

Je ne comprends pas.

BARILLON, *se levant.*

Quand j'ai eu l'altercation, n'est-ce pas? ça m'a dégrisé... Alors, avec mon sang-froid ordinaire, quand nous avons échangé nos cartes,... je n'ai pas donné la mienne.

BRIGOT.

Ah!

BARILLON.

Non! J'ai donné celle du fameux escrimeur Alfonso Dartagnac.

BRIGOT.

La carte de Alfonso Dartagnac.

BARILLON.

Oui, c'est un moyen excellent. De deux choses l'une : ou, ce qui arrive neuf fois sur dix, l'adversaire vous fait des excuses séance tenante et cela n'a pas de suite; ou bien, il ne vous en fait pas...

BRIGOT.

Et alors?

BARILLON, passant au 1.

Ça n'a pas de suite non plus.

BRIGOT.

C'est très fort, c'est fouinard... mais c'est très fort. Mais dis donc... si Dartagnac apprend jamais...

BARILLON.

Quoi?

BRIGOT.

Qu'il a un duel?

BARILLON, avec dignité.

Est-ce que vous croyez qu'il est homme à reculer devant un duel?

BRIGOT.

C'est juste. Et quel est ton adversaire?

BARILLON.

Je ne sais pas, j'ai perdu sa carte! J'étais si pochard!

FLAMÈCHE, qui est entré par le fond à gauche, — du haut de l'estrade.

Est-ce que vous venez pour le mariage?

BARILLON.

Quel mariage?

FLAMÈCHE.

Le mariage Barillon!...

BARILLON.

Tiens, parbleu! (A Brigot.) Il me demande si je viens

pour mon mariage! Je crois bien! Sacrebleu! il faut même que j'aille chercher ma femme.

BRIGOT.

Oui, un jour de mariage, c'est indispensable, va!

*Barillon sort par la droite.*

## SCÈNE IV

BRIGOT, FLAMÈCHE, *puis* PATRICE.

BRIGOT, *qui est remonté à droite : — à Flamèche.*

Eh bien, vous voyez! c'est lui le futur. Il a été chercher sa femme!

FLAMÈCHE, *entre ses dents, — descendant de l'estrade par la gauche.*

Je m'en fiche!

BRIGOT, *apercevant Patrice qui entre du fond, la tête basse et traînant une corde.*

Qu'est-ce que c'est que ce petit-là? Ce n'est pas le maire, ce blanc-bec?

PATRICE, *pleurnichant.*

Elle va se marier là, celle que j'aime.

*Il regarde le plafond.*

BRIGOT (2).

Qu'est-ce qu'il cherche?

FLAMÈCHE (n° 1).

Qu'est-ce que vous cherchez?

PATRICE (n° 3).

Un clou... pour me pendre.

FLAMÈCHE.

Vous pendre!... Mais on ne se pend pas ici...

PATRICE, *passant au 2.*

Oh! je vous laisserai la corde... ça porte bonheur.

BRIGOT 3.

Ah! ça, qu'est-ce que vous nous chantez avec votre corde?

PATRICE.

Puisque l'ingrate m'oublie, quand on prononcera la sentence qui m'en sépare à jamais... je veux qu'on voie mon corps flotter dans l'espace...

FLAMÈCHE.

Eh bien! ce sera gai.

BRIGOT.

Ah! je vois ce que c'est. Vous devez avoir des peines de cœur.

PATRICE.

Ah! oui, monsieur! J'aime!

FLAMÈCHE.

Pauvre garçon!

BRIGOT, *le faisant asseoir sur la banquette.*

Allons, voyons! racontez-moi ça! Je suis un confesseur, moi... un médecin, c'est un confesseur.

PATRICE.

Vous êtes médecin?...

BRIGOT, *soulevant son chapeau.*

Je suis vétérinaire. (*A Flamèche qui s'est approché, à la droite de Patrice.*) Laissez-moi seul, vous, avec mon pénitent.

*Flamèche très ému, se retire par le fond gauche.*

BRIGOT, *s'asseyant à la gauche de Patrice.*

Eh bien, quoi donc, voyons?... Qu'est-ce qu'il y a?

PATRICE.

Ah! monsieur, vous la verrez, n'est-ce pas? Vous

lui direz que je l'aimais bien et que je meurs pour elle! (Se levant.) D'ailleurs, elle le saura! Avant d'en finir, je lui ai fait des vers.

BRIGOT.

Ah!...

PATRICE, tirant un papier de sa poche et lisant.

On dit que tu te maries,
Tu sais que j'en vais mourir!

BRIGOT, continuant, en chantant.

Ton amour, c'est ma folie.
Hélas! je n'en peux guérir!

Il se lève.

(Parlé.) Vous savez que c'est connu ça!...

PATRICE.

Vraiment? (Avec philosophie.) Ça prouve que je ne suis pas le premier homme qui meurt d'amour!

BRIGOT.

Allons! Voyons! Il faut se faire une raison! une salle de mairie, ce n'est pas fait pour s'y pendre!... On s'y met la corde au cou, mais on ne s'y pend pas.

PATRICE.

Ah! on voit bien que vous ne savez pas ce que c'est que l'amour!

BRIGOT.

Mais, si, j'ai connu ça!... C'était même un beau brin de fille! une gamine.

PATRICE.

Une gamine!

BRIGOT.

De ce temps-là... Aujourd'hui, elle a cinquante-deux ans!

PATRICE.

C'est une vieille gamine!

BRIGOT.

Ah! quels traits, mon ami!... Dans le pays on ne l'appelait que le bel écumoir!...

PATRICE.

Pourquoi?

BRIGOT.

Parce qu'elle était criblée de la petite vérole!... Ça donnait du piquant à sa physionomie... Eh bien! elle en a épousé un autre! Vous croyez que j'ai été assez bête pour faire comme vous. Allons donc! Je n'ai rien dit.. seulement j'ai pensé : « Epouse-la, mon vieux, et nous nous retrouverons! » et quinze jours après, je l'ai fait cornard.

PATRICE.

Oui.

BRIGOT.

Eh bien! mon garçon, faites comme moi, attendez et quand il y aura un mari, faites-le cornard!

PATRICE, lui serrant les mains.

Ah! monsieur, merci de ces bonnes paroles. Je le ferai, monsieur, je le ferai...

BRIGOT.

C'est ça! Et qu'est-ce que c'est que ce mari? Un crétin?

PATRICE, avec conviction.

Oh! oui, monsieur. C'est un nommé Barillon.

BRIGOT, bondissant.

Mon neveu?

PATRICE.

Votre neveu? qui se marie aujourd'hui avec la fille de madame Jambart!

BRIGOT.

Mais, oui... (Envoyant brusquement un coup de poing dans

l'estomac de Patrice qui ne s'y attend pas et manque de tomber.)
Et c'est vous qui avez des idées comme ça sur mon neveu...

PATRICE.

Hein!...

BRIGOT, lui envoyant un second coup de poing.

Ah! Vous voulez le faire cornard!... Et vous venez me dire ça à moi, son oncle!

PATRICE.

Mais...

BRIGOT, le bourrant.

Eh bien! vous avez du toupet!... Non, mais venez-y donc! Essayez donc de le faire cornard! Essayez donc et vous aurez affaire à moi!

PATRICE, ahuri.

Mais non, monsieur, mais non!

Patrice bourré par Brigot, est acculé à l'extrême gauche.

VOIX DE BARILLON, à droite.

Par ici, belle-maman!

BRIGOT.

Et tenez, le voilà... Dites-le lui un peu que vous allez le faire cornard... mais dites-le lui donc!...

PATRICE.

Je vous en prie, monsieur, je vous en prie!

## SCÈNE V

LES MÊMES, BARILLON, MADAME JAMBART, VIRGINIE.

BARILLON, entre suivi de madame Jambart et de Virginie.

Venez! venez, par ici!

VIRGINIE, apercevant Patrice.

M. Patrice!

PATRICE.

Virginie!

BRIGOT, à Barillon.

Ah! Tu arrives, toi!... (Montrant Patrice.) Tu vois ce garçon-là!

BARILLON.

Oui. (Saluant, très aimable.) Bonjour, monsieur!

BRIGOT *.

Eh bien! il veut te faire cornard!

BARILLON, changeant de tête.

Hein! moi!

BRIGOT.

Oui, dans quinze jours tu le seras!

BARILLON, marchant sur Patrice.

Moi! Vous avez dit ça!

Il passe au 2.

PATRICE, se garant.

Mais non... mais pas du tout!...

VIRGINIE, effrayée.

Maman! maman!

BARILLON, bousculant Patrice.

Ah! vous voulez me faire cornard, vous!

MADAME JAMBART.

Mon gendre! Je vous en prie!

BARILLON.

Laissez donc! Laissez donc!... Ah! vous voulez me faire cornard!

* Patrice 1 — Brigot 2 — Barillon 3 — Virginie 4 — Madame Jambart 5.

PATRICE, se dégageant et passant au 3.

Mais laissez-moi donc!

BARILLON (n° 1).

Vous allez me faire le plaisir de filer un peu vite! Hein!

PATRICE, à Brigot.

Aussi pourquoi est-ce que vous allez dire?...

BRIGOT (n° 2).

Il n'y a pas de pourquoi!... On vous dit de filer! filez!

PATRICE.

D'abord, je le ferai si ça me plait. Je n'ai pas d'ordre à recevoir de vous!

BARILLON, passant au 2 en allant à Patrice.

Qu'est-ce que vous dites?

VIRGINIE, à Patrice.

Je vous en prie, au nom de notre amour.

BARILLON.

De votre amour! (Prenant Patrice au collet.) Veux-tu filer, misérable!... Veux-tu filer!

PATRICE.

Ah! mais vous m'assommez à la fin!...

Il pousse Barillon qui tombe sur la banquette.

BARILLON, se relevant.

Canaille!

MADAME JAMBART et VIRGINIE, à Patrice.

Allez-vous-en, je vous en prie.

BARILLON, voulant s'élancer.

Je vais le tuer! tenez, je le tue.

MADAME JAMBART, s'interposant.

Mon gendre!

BRIGOT.

Mais laissez-le donc ! Il va le tuer !

VIRGINIE, effrayée.

Il va le tuer !

MADAME JAMBART, barrant toujours le passage à Barillon.

Calmez-vous! (A Patrice.) Allez-vous-en !

PATRICE, sur le pas de la porte de droite.

Je m'en vais... mais vous me reverrez...

BARILLON, lui montrant le poing par dessus l'épaule de madame Jambart.

Non, mais viens-y donc si tu l'oses !

MADAME JAMBART.

Barillon ! Barillon !

BRIGOT, se tordant dans son coin.

C'est crevant ! Quelle noce ! mon Dieu ! Quelle noce !

Patrice sort par la droite.

## SCÈNE VI

LES MÊMES, moins PATRICE.

MADAME JAMBART.

Mon gendre! du calme! voyons, du calme !

Barillon épuisé s'est laissé tomber sur la banquette, madame Jambart tout émue lui saute au cou.

BARILLON.

Mais, laissez-moi donc tranquille, vous, avec vos embrassades ! (Avec rage.) Et elle l'aime ! Elle l'aime !

MADAME JAMBART.

Eh bien! mon Dieu, ça passera!

Elle passe au 4.

BRIGOT (n° 1).

Et puis en somme, de quoi te plains-tu?... Ce qu'on demande dans le mariage, c'est une femme aimante. Eh bien, si elle l'aime, c'est qu'elle a le cœur aimant.

BARILLON (n° 2).

Ah! vous trouvez, vous!... Enfin, qu'est-ce que c'est que ce garçon-là?

MADAME JAMBART, à Virginie.

Oui, au fait, où l'as-tu connu?

VIRGINIE (n° 3).

Mais tu le sais bien, maman, c'est M. Patrice Surcouf.

MADAME JAMBART.

Surcouf! J'ai déjà entendu ce nom-là quelque part.

BARILLON, avec raillerie.

C'est un corsaire, ça!

VIRGINIE.

C'est ce monsieur si aimable qui a dansé avec moi, au bal de l'Elysée et qui a trouvé moyen de t'avoir une glace au buffet.

BRIGOT.

Fichtre! c'est un débrouillard!

MADAME JAMBART.

Comment! C'est lui!... Ah! mais vous savez: Barillon, il est très gentil, il est très gentil!

BARILLON, avec dépit.

Comment donc? Il est charmant.

VIRGINIE.

Et alors, depuis je l'ai revu tous les jours.

TOUS.

Où ça ?

VIRGINIE.

A mon cours de solfège... Pour se rapprocher de moi, il a appris à chanter.

MADAME JAMBART, se pâmant.

Ah ! c'est d'un romanesque !

BARILLON, rageant.

Non ! mais continuez donc ! Continuez donc !

VIRGINIE.

Et alors, nous nous étions promis le mariage !

BARILLON.

C'est ça ! Mais continuez donc !...

BRIGOT.

Voyons ! Calme-toi ! calme-toi !

MADAME JAMBART, passant au 3.

Mais, oui, voyons. (Tapant sur les joues de Barillon.) Oh ! qu'il est gentil quand il est en colère.... ! Tiens !...

Elle l'embrasse en se pendant à son cou.

BARILLON.

Oui, c'est bon ! c'est bon, c'est bon ! Ah ! rasoir ! va !

MADAME JAMBART.

Ah ! Barillon... C'est un vrai cadeau que je vous fais ! ça me rappelle le jour où je me suis mariée pour la première fois. C'était avec ton père, la première fois... ce brave Pornichet !... Je l'ai rendu bien heureux !

BARILLON.

Eh bien ! Tant mieux pour lui !

MADAME JAMBART.

Mon second mari aussi d'ailleurs ! ce brave Jambart ! Je l'ai rendu bien heureux. J'ai rendu tous mes maris heureux !

BARILLON.

Eh ! bien, oui. Tant mieux pour eux !

MADAME JAMBART.

Elle sera comme moi, elle rendra tous ses maris heureux, n'est-ce pas, fillette ?

BARILLON, *faisant une tête.*

Hein !

VIRGINIE.

Je tâcherai, maman !

BARILLON.

Eh bien, vous êtes gaie, vous ! Tous ses maris !

MADAME JAMBART.

Ce n'est pas ce que je veux dire... Oh ! non ! car je lui souhaite plus de chance qu'à moi ! Dieu merci, je ne voudrais pour rien au monde la voir devenir veuve.

BARILLON, *avec conviction.*

Mais ni moi non plus

MADAME JAMBART.

Si vous saviez ce que c'est dur quelquefois le veuvage ! mon second mari était pourtant bien solide. C'est son nom qui l'a perdu.

BARILLON.

Comment, son nom ? Emile Jambart !

MADAME JAMBART.

Oui, il s'appelait Jambart. Alors il m'a dit : (*Avec l'accent marseillais.*) « Quand on s'appelle Jambart, on doit être marin. » Et il s'est fait capitaine au long cours... pour la pêche à la morue. (*Étourdiment.*) Ah ! Barillon, n'épousez jamais un marin.

BARILLON.

Tiens, parbleu !

MADAME JAMBART.

Nous avons été mariés une nuit. Le lendemain, on lui signalait un passage de morue à Terre-Neuve...

BARILLON.

... Et il vous a lâchée pour les morues.

MADAME JAMBART.

Hélas ! Il y a deux ans de cela. Le navire qui le portait fit naufrage sur les bancs de Terre-Neuve, et depuis on ne l'a plus revu.

BARILLON, *distraitement.*

N'en parlons plus ! N'en parlons plus ! Après tout nous sommes ici pour nous marier, eh ! bien, qu'on nous marie enfin ! Qu'est-ce qu'on attend ? (*A Flamèche qui entre du fond avec un registre sous le bras.*) Eh ! l'Employé ! Qu'est-ce que vous avez fait de votre maire ?

FLAMÈCHE, *qui ne comprend pas.*

Ma mère ?

*Il descend au 2.*

BARILLON (n° 3).

Eh ! non, je me fiche pas mal de votre mère ! Je ne parle pas de votre mère, je parle de votre maire.

FLAMÈCHE, *même jeu.*

Je ne parle pas de votre mère, je parle de votre mère ?

BARILLON.

Eh bien ! oui enfin, le maire, où est-il ?

FLAMÈCHE.

Ah ! M. le maire, je ne sais pas : il devrait être ici. Je me demande même s'il ne lui est pas arrivé quelque chose.

BRIGOT (n° 1).

On ne vous demande pas ce que vous vous demandez ! Vous êtes toujours à faire des phrases.

FLAMÈCHE.

Ce qu'il est grincheux, cet homme-là.

Il remonte jusqu'au fond à gauche.

## SCÈNE VII

LES MÊMES, PLANTUREL.

VOIX DE PLANTUREL, dans la coulisse.

Flamèche ! Flamèche!

FLAMÈCHE.

Monsieur! (Aux autres.) Justement, voici M. le maire.

TOUS.

Ah ! ce n'est pas malheureux !

Ils remontent tous un peu vers le fond.

BARILLON, qui est remonté par la gauche jusque devant l'estrade.

On va donc le voir ce maire.

PLANTUREL, entrant par le fond à gauche avec des fleurets sous le bras.

On n'est pas venu me demander ?

BARILLON, bondissant.

Sapristi ! mon adversaire !

Il se précipite à travers les chaises, enjambant les banquettes, et disparait à droite.

TOUS.

Eh bien ! où va-t-il ?

Pendant ce qui suit, ils remontent tous par la gauche, défilant rapidement devant Planturel et Flamèche qui les regardent faire ahuris ; passent devant l'estrade et se précipitent à la poursuite de Barillon.

MADAME JAMBART.

Mon gendre ! mon gendre !

BRIGOT, au maire en passant.

Il est malade ! il a la tête à l'envers. Nous allons le chercher.

MADAME JAMBART.

Viens, Virginie !

VIRGINIE.

Oui, maman !

Ils sortent par la droite.

## SCÈNE VIII

FLAMÈCHE, PLANTUREL.

PLANTUREL.

Qu'est-ce que c'est que tous ces gens-là ?

FLAMÈCHE, du fond.

Je ne sais pas... Ils sont fous... Ils sont là à me raser depuis une heure. C'est pour le mariage de midi.

PLANTUREL, descendant, déposant ses fleurets sur la chaise de la rangée de gauche, la plus rapprochée de l'avant-scène.

Eh bien ! faites-les attendre... J'ai bien d'autres chiens à fouetter... Dites-moi, il n'est venu personne me demander de la part de M. Alfonso Dartagnac ?

FLAMÈCHE.

Non, monsieur le maire. Mais voici une lettre qui vient d'arriver pour vous.

PLANTUREL, lisant.

Allons bon! encore une gaffe de ce pochard de Topeau!

FLAMÈCHE.

Encore!

PLANTUREL, appelant.

Topeau!

PLANTUREL et FLAMÈCHE.

Topeau! Topeau!

TOPEAU.

Monsieur le maire?

PLANTUREL.

Qu'est-ce que vous avez encore fait?

TOPEAU.

Moi! monsieur le maire?

PLANTUREL (n° 2).

Est-ce que ça va durer encore longtemps comme ça? Voilà un monsieur qui m'écrit pour se plaindre. Il a demandé une copie de son acte de naissance pour se marier, et vous l'y portez du sexe féminin!

TOPEAU (n° 1).

Moi?

FLAMÈCHE, à part (n° 3).

Ça le gênera pour se marier.

PLANTUREL.

Je vous préviens que j'en ai assez! Si pareille chose se reproduit, je vous flanque à la porte.

TOPEAU.

Oui, monsieur le maire!

PLANTUREL.

Et tenez-vous-le pour dit... Brute!

TOPEAU, sortant au fond.

Les voilà bien ces gens qui ne boivent pas !

PLANTUREL, à Flamèche.

Ah ! Flamèche, (Flamèche à l'appel de Planturel redescend n° 2.) s'il venait deux messieurs, deux témoins me demander, vous me préviendriez immédiatement.

FLAMÈCHE, étonné.

Deux témoins !

PLANTUREL.

Oui, je ne voudrais pas que cela se sache. A vous, je peux bien le dire, mais, je vous en prie, gardez-le pour vous. Je ne l'ai dit qu'à ma concierge au cas où on se présenterait chez moi... j'ai une affaire.

FLAMÈCHE.

Monsieur le maire se bat ?

PLANTUREL.

Je ne sais pas si je me bats, mais j'ai une affaire avec M. Alfonso Dartagnac.

FLAMÈCHE.

Sapristi !

PLANTUREL.

Oui, une altercation au restaurant. Ce monsieur s'est permis de me traiter de Louis-Philippe et de : Vive la Pologne ! monsieur.

FLAMÈCHE.

Oh !

PLANTUREL, passant au 2.

Vous comprenez... la moutarde m'a monté au nez... je n'ai pu me retenir !... et v'lan ! j'ai reçu une gifle !

FLAMÈCHE.

Ah ! mon Dieu ! Quelle histoire !

PLANTUREL, *repassant au n° 1.*

Mais encore une fois, gardez bien ça pour vous. Si on vient, prévenez-moi. (*Il remonte et redescend.*) Ah! j'ai télégraphié aussi à un maître d'armes...

FLAMÈCHE.

Un maître d'armes !

PLANTUREL.

Oui, j'ai besoin qu'on m'enseigne un coup. Vous comprenez, je ne suis pas un homme d'épée, moi ! Je lui demanderai de m'apprendre une botte qu'on m'a beaucoup vantée.

FLAMÈCHE.

Une botte ?

PLANTUREL.

Oui. La botte de Nevers. Ainsi, quand il arrivera, n'oubliez pas de m'avertir.

FLAMÈCHE.

C'est entendu... Eh bien, et les mariés ?

PLANTUREL.

Mais il n'est pas encore midi... Tout à l'heure... ils ont bien le temps.

*Il sort du fond.*

## SCÈNE IX

FLAMÈCHE, *puis* BARILLON, BRIGOT, MADAME JAMBART, VIRGINIE.

FLAMÈCHE.

Mais c'est évident... Ils ont bien le temps ! Après tout ! Je m'en fiche.

*Chantant.*

Qu'un autre se marie...

(*Parlé.*) Ah ! voilà la noce !

*Madame Jambart entre, trainant Barillon.*

MADAME JAMBART.

Voyons, qu'est-ce qui vous prend ? Venez donc, venez donc !

BRIGOT, *le poussant.*

Allons, viens donc !

BARILLON, *se faisant trainer.*

Non, mais non ! mais attendez donc ! Je vous dis que j'ai mes raisons. Ah ! que c'est bête ! Mais non, voyons ! Laissez-moi vous dire...

BRIGOT.

Enfin ! Quoi ! qu'est-ce que tu as ?

BARILLON.

Rien ! Rien ! (*Il regarde autour de lui. — A Flamèche.*) Il n'est plus là, il est parti... le... mon... mon...

BRIGOT.

Quoi, ton, ton ?

BARILLON.

Non, je veux dire : M. le maire.

FLAMÈCHE

M. le maire ? Il est là, dans son cabinet.

BARILLON.

Il est là ! Ah ! mon Dieu ! Venez, nous ne pouvons pas rester ici.

MADAME JAMBART.

Comment ?

BRIGOT.

Ah ! ça ! qu'est-ce que tu chantes ? Allons, le maire...

BARILLON, descendant vivement jusqu'au milieu des chaises, derrière la banquette.

Chut! Ne criez pas!

MADAME JAMBART.

Ah ça! qu'est-ce vous avez?

BARILLON.

Hein! non! rien! Ah! je vous prie; surtout ne m'appelez jamais Alfonso Dartagnac.

MADAME JAMBART.

Mais pourquoi voulez-vous que je vous appelle?...

BRIGOT.

Il est toqué!

MADAME JAMBART, s'asseyant à gauche sur la chaise où sont les épées laissées par Planturel et se relevant vivement.

Aïe! (Prenant les epées.) Qu'est-ce que font ces épées dans la mairie?

FLAMÈCHE, redescendant.

Ça, c'est à M. le maire, parce qu'il a une affaire avec un monsieur (Cherchant.) Dar... Dar...

BARILLON, vivement et enjambant la banquette.

Ça n'est pas moi... ça n'est pas moi!

TOUS.

Hein!

FLAMÈCHE.

Je n'ai pas dit que c'était vous... qu'est-ce qu'il a?

Il remonte sur l'estrade.

BARILLON, ahuri et riant bêtement.

Non, rien... C'est drôle! c'est drôle!

BRIGOT.

Il est fou!

BARILLON, à part.

Vous verrez qu'avec ma veine ordinaire je serai

tombé sur un spadassin. (Haut, à Flamèche.) Il est fort aux armes, hein, le maire ?

FLAMÈCHE, railleur.

Ah ! ça, on peut le dire.

BARILLON.

Là, qu'est-ce que je disais ? (Aux autres à l'exception de Flamèche.) Non, tenez, parlons sérieusement. (Tout le monde se rapproche, puis brusquement changeant de ton.) Allons-nous-en !

TOUS.

Comment ! allons-nous-en ?

BARILLON, gagnant l'extrême gauche.

Oui, nous ne pouvons pas rester ici, je ne veux pas que ce maire-là nous marie... Il a le mauvais œil !

TOUS.

Mais enfin...

BARILLON, remontant par la gauche jusqu'à l'estrade où est Flamèche.

Non, non... (A Flamèche.) Garçon, vous n'avez pas un autre maire dans la maison ?

FLAMÈCHE.

Non, monsieur, nous n'en tenons pas d'autre.

BRIGOT, qui est également remonté mais par la droite, jusqu'à l'estrade.

Mais naturellement... Tu crois qu'il y en a des assortiments ?

BARILLON.

Quelle pénurie ! Alors, l'adjoint ?

FLAMÈCHE.

Le premier n'est pas ici, il fait ses vingt-huit jours.

BARILLON.

Eh bien, le second ?

FLAMÈCHE.

Il n'est pas ici non plus... il accouche !

BRIGOT.

Comment, il accouche ?

FLAMÈCHE.

Oui... enfin... madame l'adjointe.

BARILLON, il redescend devant l'estrade, entre les deux fauteuils des mariés.

Sapristi ! Mais alors, dites donc, si nous ne nous mariions qu'à l'Eglise?

BRIGOT.

Allons donc ! Tu es fou à la fin ! Tu nous ennuies ! (A Flamèche.) Allez chercher M. le maire.

BARILLON.

Ah ! mon Dieu ! mon Dieu !

PLANTUREL, sortant.

Dites donc, Flamèche ! Flamèche !

BARILLON, bondissant à la voix de Planturel.

Lui, filons ! (Il se précipite à travers les fauteuils, bousculant tout, saisit la main de Virginie au passage et l'entraîne avec lui par la droite. — A Virginie.) Venez ! venez !

Ils sortent.

MADAME JAMBART.

Encore ! Ah ! c'est trop fort ! mon gendre !

BRIGOT, redescendant à droite à la hauteur de la porte premier plan.

Encore !

MADAME JAMBART, au moment de sortir à la poursuite de Barillon, croisant Brigot, et lui jetant au passage les fleurets qu'elle a toujours dans la main.

Tenez, vous, prenez ça !

Elle donne les fleurets à Brigot et sort.

BRIGOT.

Ah bien! j'en ai assez de courir après!

## SCÈNE X

PLANTUREL, FLAMÈCHE, BRIGOT.

PLANTUREL.

Mais qu'est-ce qu'ils ont? (Apercevant Brigot qui, l'épée à la main, philosophiquement s'escrime contre le mur.) Ah! le maître d'armes! (A Brigot.) Vous voilà, vous, c'est bien!

BRIGOT.

« C'est bien! » il est bon, lui! voilà une demi-heure que j'attends!

Flamèche sort.

PLANTUREL.

Ne perdons pas de temps! Enlevez votre redingote!

BRIGOT, ahuri.

Hein?

PLANTUREL, d'un ton un peu impérieux.

Oui... Enlevez votre redingote.

BRIGOT.

Pardon! Mais pourquoi voulez-vous?

PLANTUREL, même jeu.

Enlevez-la... J'enlève la mienne.

Il enlève sa redingote.

BRIGOT.

Ah!

Il repose les épées et enlève sa redingote.

PLANTUREL, prenant une épée.

Là! Et maintenant, nous allons commencer.

BRIGOT, faisant demi-tour comme pour aller à droite.

C'est ça! Je vais appeler les autres!

PLANTUREL, l'arrêtant.

Qui ça?

BRIGOT.

Eh bien! la noce qui attend par là!

PLANTUREL.

Mais non! laissez-la! nous n'avons pas besoin d'eux!

BRIGOT, à part.

Quelle drôle de façon de marier!

PLANTUREL, lui indiquant le fleuret resté libre.

Tenez, prenez votre épée.

BRIGOT.

Mais je n'en ai pas besoin!

PLANTUREL.

Mais si. Je ne peux pas croiser le fer tout seul. Allons, mettons-nous en garde.

Il se met en garde.

BRIGOT, se mettant en garde, absolument ahuri.

Ah! mon Dieu! est-ce que le maire deviendrait fou?

PLANTUREL (n° 1).

Et maintenant, qu'est-ce qu'il faut faire?

BRIGOT. (n° 2) — battant le fer de Planturel, et pivotant pour aller retrouver Barillon.

Eh bien! il faut appeler la noce!

PLANTUREL.

Mais non! (A part.) Est-il embêtant avec sa noce! Il lui faut une galerie à lui! (Haut.) Restez donc!

BRIGOT, qui n'y comprend goutte.

Oui!

Ils croisent le fer.

PLANTUREL.

Et maintenant vous allez m'indiquer la botte de Nevers?

BRIGOT.

La botte de Nevers? (Battant le fer de Planturel et rassemblant.) Ah ça! dites donc! est-ce qu'elle n'est pas bientôt finie cette histoire-là? Je ne suis pas venu ici pour croiser le fer.

Il dépose le fleuret sur la banquette.

PLANTUREL.

Comment?

BRIGOT.

Je suis témoin dans la noce de Barillon.

PLANTUREL.

Hein? Vous n'êtes pas maître d'armes.

BRIGOT.

Moi! (Soulevant son chapeau.) Je suis vétérinaire à Troyes.

PLANTUREL.

Mais alors vous n'êtes pas celui que j'attendais! (Lui passant un bras autour du cou et confidentiellement.) Oh! parce que, je veux bien vous dire ça à vous, seulement, je vous en prie, n'en parlez pas... parce que je ne veux pas que ça se sache; j'ai une affaire!

BRIGOT.

Allons donc! Mais alors, c'est le jour.

PLANTUREL.

C'est pour cela que je vous demandais de m'enseigner un coup.

BRIGOT.

Un coup! Est-ce que je sais des coups? Ah! si, au fait, j'en ai connu un, moi, autrefois, attendez donc, comment était-ce?

PLANTUREL, *qui a toujours son fleuret.*

Ah! monsieur, cherchez... dites-le moi!

BRIGOT.

Oui, voilà, on se place.

PLANTUREL, *lui indiquant l'épée sur la banquette.*

Oui, prenez votre épée.

BRIGOT.

Non! Ce n'est pas la peine.

PLANTUREL.

Si, je comprendrai mieux.

BRIGOT, *prenant l'épée.*

Si vous voulez. Voilà... On se place.

PLANTUREL, *croisant le fer avec Brigot.*

Oui.

BRIGOT.

Une fois placé, on s'efface bien!

PLANTUREL, *s'effaçant.*

Oui.

BRIGOT.

Et au commandement de « *feu!* »

PLANTUREL, *restant en suspens.*

Hein? comment au commandement de « feu! »?...

BRIGOT.

Oui!... mon coup est au pistolet!

PLANTUREL.

Mais alors, qu'est-ce que vous fichez avec votre épée?

BRIGOT.

Mais je vous ai dit qu'elle était inutile! Et puis après tout, je ne suis pas là pour vous donner des leçons d'armes!

PLANTUREL.

Mais, monsieur...

BRIGOT, passant sa redingote.

C'est bien! Je suis venu ici pour marier mon neveu... Il est midi, je vais appeler la noce!

PLANTUREL.

Que le diable l'emporte cette noce! (A Brigot.) C'est ça, prévenez-la, moi, je vais ceindre mon écharpe.

Il sort à gauche en emportant sa redingote et les épées.

## SCÈNE XI

BRIGOT, puis MADAME JAMBART, VIRGINIE, BARILLON, suivis de toute la noce, TÉMOINS, INVITÉS et INVITÉES.

BRIGOT.

Sapristi! On va donc finir de moisir dans cette mairie! (Appelant à droite.) Allons, venez, vous autres!

MADAME JAMBART, entrant avec Virginie.

Allons, venez donc, Barillon. C'est le mariage qui vous fait peur comme ça!

BARILLON.

Je vous demande pardon, belle-maman, l'émotion. (A part.) Ça y est! Pas moyen de l'éviter!

## SCÈNE XII

LES MÊMES, FLAMÈCHE, puis PLANTUREL.

VIRGINIE.

Maman, j'en aime un autre.

MADAME JAMBART.

Eh bien, tu changeras d'affection... Le cœur, ça se déplace.

BRIGOT, à l'extrême gauche.

Ah ! il promet d'être gai, ce ménage-là !

MADAME JAMBART, à Virginie.

Tu comprends, maintenant c'est trop tard. Le maire va vous unir.

BARILLON, qui a entendu la dernière phrase, à part.

Ah ! mon Dieu, le maire !... S'il me reconnaît... je suis perdu... Comment faire ?

FLAMÈCHE.

M. le maire va venir... Si vous voulez prendre place !

BARILLON.

Pourquoi prendre place ?

FLAMÈCHE.

Pour le mariage.

BARILLON, s'épongeant avec son mouchoir.

Oh ! je n'y échapperai pas.

FLAMÈCHE, indiquant à chacun sa place respective.

Madame la mariée ici ! Monsieur le marié ici ! (Brigot conduit Virginie à son fauteuil ; Barillon, avant de prendre le sien, conduit madame Jambart à sa place, soit au premier fauteuil de la première file de gauche. — Brigot s'assied sur la chaise à gauche de madame Jambart. Le reste de la noce s'assied. — Flamèche ouvre la porte de gauche et annonce.) Monsieur le maire !

BARILLON.

Le maire ! ah ! mon Dieu ! mon Dieu !

Il met son mouchoir en bandeau autour de sa figure.

TOUS.

Eh bien ! qu'est-ce qui vous prend ?

BARILLON.

Rien ! J'ai mal aux dents. (A part.) Comme ça il ne me reconnaîtra pas.

Entrée de Planturel.

FLAMÈCHE, à la noce.

Levez-vous !

Tout le monde se lève.

PLANTUREL, sur l'estrade.

Asseyez-vous !

On s'assied.

BARILLON.

Eh bien ! ce n'était pas la peine !

PLANTUREL, bas à Flamèche.

Dites donc, si mes témoins venaient me demander, qu'on vienne me chercher.

FLAMÈCHE.

Bien ! monsieur le maire.

Il sort.

PLANTUREL, à la noce.

C'est bien le mariage Barillon ?

TOUS.

Oui, monsieur le maire !

BARILLON, avec une voix de tête.

Oui ! Oui !

PLANTUREL, désignant Barillon.

C'est monsieur qui est l'époux ?

TOUS.

Oui !

BARILLON, même jeu.

Oui! Oui !

PLANTUREL.

Est-ce que vous êtes malade, monsieur Barillon ?

BARILLON, même jeu.

Oui, monsieur le maire, j'ai une fluxion !

TOUS.

Qu'est-ce qu'il a?

BARILLON, même jeu, à madame Jambart.

Rien... C'est mon mal de dents... J'ai pris froid... et quand on prend froid, on s'enroue.

PLANTUREL, à part.

Eh bien ! s'il a jamais des enfants, avec cette voix-là ça ne sera pas de sa faute !

BARILLON, à part.

Je suis en nage !

PLANTUREL.

Nous allons vous donner lecture de l'acte de mariage. (Lisant.) « L'an 1889, 1er avril, à midi, devant nous, maire et officier de l'Etat-civil du XXIIIe arrondissement de Paris, et dans la maison dudit lieu, ont comparu le sieur Barillon Jean Gustave, domicilié à Paris, dans le présent arrondissement, majeur, âgé de 40 ans révolus, né à Paris le 8 mars 1849, fils légitime de Barillon Anatole et de...

FLAMÈCHE, entrant, à mi-voix, à Planturel.

Monsieur... il y a là deux personnes qui demandent à vous parler.

PLANTUREL, déposant brusquement son registre.

Sapristi ! Ce sont mes témoins ! (A la noce.) Je vous demande pardon, un moment ! un moment !

Il sort précipitamment.

TOUS

Hein !

BRIGOT.

Ah ça ! il est malade !

*Conversation générale.*

## SCÈNE XIII

LES MÊMES, *moins* PLANTUREL.

MADAME JAMBART.

Comment ! il nous laisse en plan !

FLAMÈCHE, *dominant la conversation générale.*

Un instant ! M. le maire revient dans un instant. (*La conversation générale continue. — Flamèche, qui a été s'installer à la place du maire.*) Pardon ! Pardon !

MADAME JAMBART, *dominant la conversation générale.*

Taisez-vous ! M. le garçon va parler.

FLAMÈCHE, *du haut de l'estrade.*

Mon Dieu, mesdames et messieurs, il arrive souvent qu'à l'occasion d'une circonstance comme celle d'un mariage, on donne un concert vocal et instrumental.

TOUS.

Quoi !

FLAMÈCHE.

Or, messieurs, mesdames, on est souvent très embarrassé sur le choix d'un artiste... Eh ! bien, je ne voudrais ici faire de réclame pour personne, mais je vais à titre d'échantillon, vous chanter une romance.

TOUS.

Hein ?

BRIGOT.

Qu'est-ce qu'il chante ?

FLAMÈCHE, à Brigot.

La chanson des blés d'or.

Chantant.

Mignonne, quand le soir descendra sur la terre
Et que le rossignol viendra chanter encor...

TOUS.

Ah ! bien, non ! Ah ! bien, non ! (Flamèche continue à chanter, luttant de voix avec le tumulte général. — Tous apercevant Planturel qui rentre.) Ah !

## SCÈNE XIV

LES MÊMES, PLANTUREL.

PLANTUREL, montant à son bureau.

Me voilà ! Je vous demande pardon ! (Bas à Flamèche.) Qu'est-ce que vous me disiez que c'étaient mes témoins... c'étaient deux nourrices !

FLAMÈCHE.

Mais je n'ai pas dit que c'étaient les témoins, j'ai dit que c'étaient deux personnes.

PLANTUREL.

C'est bien ! allez ! (Flamèche sort.) Voyons ! Où en étais-je ? J'ai bien donné lecture de l'acte de mariage, n'est-ce pas ?

TOUS.

Oui !

PLANTUREL.

Bien ! Je vais lire maintenant les devoirs et droits respectifs des époux. (Lisant.) « Article 212 du Code civil. Les époux se doivent mutuellement fidélité, secours et assistance. Article 213. Le mari doit protection à sa femme, la femme doit obéissance à son mari. Article 214... »

FLAMÈCHE, accourant du fond.

M. le maire, il y a là...

PLANTUREL, se levant.

Mes témoins! J'y vais! (A la noce.) Je vous demande pardon! un moment! un moment!

Il sort.

TOUS.

Encore!

BRIGOT.

Ce n'est pas possible! il s'est purgé. (Brouhaha général : « Oh! c'est trop fort... qu'est-ce qu'il a... On n'a pas idée de ça... etc. »

FLAMÈCHE, montant sur l'estrade du maire.

Je vais chanter maintenant.

Lève-toi, soldat! soldat, lève-toi!

Chantant.

Soldat, lève-toi!
Soldat, lève-toi!
Soldat, lève-toi bien vite...

TOUS pendant qu'il chante.

Ah! non! Ah! non... voulez-vous vous taire.

BRIGOT.

Allez vous coucher!

Flamèche continue à chanter dominant le tumulte général.

TOUS.

Assez! assez!...

## SCÈNE XV

LES MÊMES, PLANTUREL, rentrant du fond.

TOUS, voyant rentrer le maire.

Ah ! enfin !

PLANTUREL.

Ce ne sont pas eux ! C'étaient des gens qui venaient pour se faire vacciner... Je les ai bien reçus...

BRIGOT.

Voyons, monsieur le maire... Est-ce pour cette fois ?

PLANTUREL.

Oui... je vous demande pardon... Depuis ce matin je suis préoccupé... parce que voilà .. (Se penchant confidentiellement vers la noce dont toutes les personnes tendent la tête de son côté.) Je ne voudrais pas que cela se sût... mais je peux bien vous le dire, à vous... j'ai une affaire...

BARILLON, à part, montrant au public une tête effarée.

Aïe !.. Ah ! la la!

TOUS.

Une affaire !

PLANTUREL.

Et alors, vous comprenez... comme j'attends mes témoins, je croyais que c'étaient eux !

Nouvelle tête de Barillon.

TOUS.

Oui ! oui !

PLANTUREL.

Voyons... maintenant, je suis tout à vous. Nous allons procéder à la célébration du mariage. (A la noce.) Levez-vous ! (Tout le monde se lève.) M. Jean-Gustave Barillon, consentez-vous... ?

## SCÈNE XVI

LES MÊMES, PATRICE, accourant de droite.

PATRICE.

Arrêtez ! Arrêtez !

TOUS.

Qu'est-ce qu'il y a ?...

BARILLON.

Lui ! Encore !

PLANTUREL, au milieu du tumulte général.

Pardon, mon ami, qu'est-ce qu'il y a ?

PATRICE, à l'extrême droite.

Je mets une opposition au mariage.

PLANTUREL.

Une opposition !

PATRICE.

Mademoiselle ne peut pas épouser monsieur...

TOUS.

Hein !

PLANTUREL.

Pourquoi ?

PATRICE.

Parce que je l'aime et qu'elle m'aime !

BARILLON, voulant s'élancer sur Patrice, mais étant arrêté par ses voisins.

Tu oses dire, misérable !

Patrice qui a vu le mouvement de Barillon, a gagné vivement l'extrême gauche.

PLANTUREL.

Ce n'est pas une opposition Je n'ai pas à entrer dans ces considérations-là. La future n'a qu'à refuser.

TOUS.

Oui! oui! c'est évident.

PATRICE.

C'est trop fort!...

PLANTUREL, *à Barillon.*

Jean Gustave Barillon, consentez-vous à prendre pour femme...

*Le reste de la phrase se perd dans la confusion des voix.*

ENSEMBLE.

BARILLON.

Oui, oui, certainement, j'y consens.

PATRICE.

Non! non!

TOUS.

Si! Si!

*Il est essentiel qu'à ce moment le brouhaha soit aussi bruyant que possible, et qu'il dure assez de temps, pour laisser à Planturel celui de poser la question d'usage de façon à ce que le public se rende compte que le maire prononce bien cette question sans que pourtant il soit possible à lui de la distinguer. — Le tumulte ne devra donc cesser que lorsque le maire aura imposé silence en frappant violemment sur sa table, et en disant :*

PLANTUREL.

Aïe! aïe! Taisez-vous donc! il n'y a pas moyen de marier comme ça! (*A Barillon.*) Alors, vous consentez? Bien! (*A Virginie.*) A vous?

*Il pose la question à Virginie et on n'entend pas sa voix, dominée qu'elle est par la voix de Patrice et des autres.*

(Pendant que le maire pose la question à Virginie, même observation que pour la précédente question).

ENSEMBLE.

PATRICE.

Dites non ! dites non!

BARILLON.

Voulez-vous vous taire ?

TOUS.

Assez ! Assez !

VOIX DE PLANTUREL, dominant le tumulte.

... A prendre pour époux M. Gustave Barillon?

ENSEMBLE

PATRICE.

Non ! non !

TOUS.

Si ! si !

PLANTUREL.

Mais taisez-vous donc à la fin !

BRIGOT.

Quel mariage ! mon Dieu ! quel mariage !

PLANTUREL, à Virginie.

Eh bien, vous consentez ?

VIRGINIE.

Oui, monsieur le maire.

TOUS, avec joie.

Ah!

PATRICE, avec rage.

Ah!

PLANTUREL.

Au nom de la loi, je vous déclare unis par le mariage.

BARILLON.

Ah ! Enfin !

PATRICE, avec désespoir.

Tout est perdu!

FLAMÈCHE, aux mariés et aux témoins.

Si vous voulez signer?

BARILLON.

Je crois bien que nous voulons signer!

Tout le monde signe. La noce se retire par la droite.

PLANTUREL, du haut de son estrade et pendant qu'on signe.

Midi et demi! Et toujours pas de témoins! S'ils pouvaient ne pas venir!... mon adversaire était si pochard... Il a peut-être oublié qu'il m'a giflé!

BARILLON, descendant par la droite et allant à Patrice qui s'est effondré sur une chaise à l'extrême gauche.

Et maintenant, à nous deux! Est-ce que vous croyez que vous allez comme ça longtemps troubler ma vie?

PATRICE.

Ah! si vous croyez que vous me faites peur! (Dispute. On les entoure. Tumulte au milieu duquel on distingue ces mots: Arrêtez-le! Il va le tuer! Maman! Maman! Animal! Sacripant!)

Barillon et Patrice dans leur lutte à bras le corps sont arrivés petit à petit jusqu'à l'estrade du maire.

PLANTUREL.

Ah ça! qu'est-ce qu'il y a? Voyons? Qu'est-ce qu'il y a? Séparez-les! Séparez-les?.

Flamèche s'élance entre les deux combattants et sépare Barillon de Patrice qui se cramponne au bandeau de son adversaire. Le bandeau finit par rester dans la main de Patrice qui est entraîné par Flamèche.

PATRICE, se laissant emmener.

Oui va, je te retrouverai! Je te retrouverai!

BARILLON, qui n'a plus son bandeau.

Oui, viens-y donc, maintenant! Viens-y donc!

PLANTUREL, n° 1, descendant de sa chaire et allant à Barillon.

Voyons, vous n'êtes pas raisonnable.

BARILLON, se retournant à l'observation de Planturel.

Comment, c'est lui qui...

PLANTUREL, * bondissant en reconnaissant Barillon.

Alfonso Dartagnac!

Il sort précipitamment par le fond à gauche.

BARILLON, bondissant à travers les chaises et descendant entre madame Jambart et Virginie.

Il m'a reconnu... (A Virginie.) Vite! venez!

TOUS.

Hein?

MADAME JAMBART.

Qu'est-ce qu'il y a?...

BARILLON, tirant madame Jambart.

Allons, venez, venez!

BRIGOT.

Mais où allons-nous?

BARILLON, tirant madame Jambart.

A la maison.

MADAME JAMBART, se débattant.

Mais laissez-moi donc... ma mantille qui est là-bas...

BARILLON, lâchant madame Jambart qui manque de tomber.

Eh bien, vous nous rejoindrez... venez, Brigot...

Planturel (1) et Barillon (2) au fond; Flamèche (3) range sur l'estrade; Madame Jambart (4), Virginie (5) et Brigot (6.)

BRIGOT.

Eh! oui! voilà!... oh! la la! la la!

*Ils sortent.*

MADAME JAMBART, *qui est allée chercher sa mantille à gauche.*

Eh! Barillon, attendez-moi donc!

PLANTUREL, *revenant du fond.*

S'il était véritablement Alfonso Dartagnac, il ne serait pas marié sous le nom de Barillon. C'est un esbrouffeur... (*A madame Jambart qui se dispose à partir.*) Eh! ma lame?

MADAME JAMBART.

Monsieur le maire...?

PLANTUREL.

Votre gendre est parti?

MADAME JAMBART.

Oui, oui, je ne sais pas ce qu'il avait, il a eu l'air de fuir.

PLANTUREL.

Qu'est-ce que je disais? Entre nous, il ne s'est jamais appelé Alfonso Dartagnac...

MADAME JAMBART.

Mon gendre? Jamais de la vie, puisqu'il s'appelle Barillon.

PLANTUREL, *à part.*

C'est bien ça! c'est un fouinard! (*Haut.*) Eh bien, puisqu'il est parti, vous lui remettrez ce livret, son livret de mariage.

*Il lui présente le livret ouvert.*

MADAME JAMBART (1).

Ah! Qu'est-ce que c'est que ces petits casiers?...

PLANTUREL (2).

C'est pour les enfants.

MADAME JAMBART.

Ah! il y a de la marge.

PLANTUREL, tournant la page.

Et puis là, l'inscription du mariage... Vous voyez « Mariage entre Jean-Gustave Barillon, fils de... etc., etc., et Frédégonde-Augustine... »

MADAME JAMBART, corrigeant sans lire.

Non... Et Virginie Ernestine Pornichet...

PLANTUREL.

Pardon... Frédégonde-Augustine, veuve Jambart...

MADAME JAMBART.

Qu'est-ce que vous dites? veuve Jambart? C'est moi!

PLANTUREL.

Vous?... Eh! bien, alors, votre fille...

MADAME JAMBART.

C'est Virginie Pornichet, que vous venez de marier à M. Barillon.

PLANTUREL.

Mais non! mais non!

MADAME JAMBART.

Mais si! mais si!

PLANTUREL, remontant à sa chaire.

Ah! c'est trop fort! Je n'y comprends plus rien du tout... Nous allons bien voir! Flamèche! apportez l'acte. (Flamèche descend de l'estrade avec le registre de mariage : — à madame Jambart.) Tenez, vous allez voir! (Le parcourant, il pousse un cri, défaillant.) Ah! mon Dieu!

MADAME JAMBART.

Hein! Qu'est-ce qu'il y a! Il se trouve mal! Au secours! Au secours!

FLAMÈCHE, le soutenant.

Ah! mon Dieu, monsieur le maire...

PLANTUREL, d'une voix étranglée.

Ah! mes amis!... Encore cet animal d'ivrogne qui s'est trompé! (Appelant.) Topeau! Topeau!

TOPEAU, n° 1, paraissant à gauche, complètement gris.

Qu'est-ce qu'il y a, Auguste?

PLANTUREL, allant n° 2, à Topeau.

Ah! vous voilà vous! Je vous chasse!

TOUS.

Qu'est-ce qu'il a fait?

PLANTUREL.

Ce qu'il a fait? (Il passe au 3, entre madame Jambart et Flamèche.) Il a mis le nom de la mère au lieu de celui de la fille.

TOUS.

Eh bien?

PLANTUREL.

Eh bien! j'ai marié le futur avec sa belle-mère!..

MADAME JAMBART.

Hein! moi! Je...

PLANTUREL.

Oui!...

MADAME JAMBART.

Ah! mon Dieu! Je suis la femme de mon gendre!
Elle se trouve mal dans les bras de Topeau, qui absolument ivre finit par l'embrasser, tandis que Planturel s'effondre soutenu par Flamèche.

Rideau.

# ACTE DEUXIÈME

Un salon. Porte au fond, donnant sur le vestibule. — De chaque côté de cette porte une console; à gauche, en pan coupé, porte donnant sur l'appartement de Barillon. — Idem à droite, porte donnant sur la salle à manger. A droite, premier plan, une porte. — idem à gauche, une fenêtre. Au fond, à gauche, un mannequin sur lequel est placée la robe de mariée de Virginie. A gauche entre le premier plan et le pan coupé, une psyché. — A gauche sur le devant de la scène, un canapé : — sur le canapé deux coussins : id. à droite une table, à gauche de la table, une chaise.

---

## SCÈNE PREMIÈRE

### URSULE, puis BARILLON et VIRGINIE.

Au lever du rideau, Ursule, devant la glace de la cheminée, fait des mines, va, vient, se dandine, fait des révérences, le tout avec une couronne de fleurs d'oranger sur la tête.

URSULE, les yeux baissés, la bouche en cœur, faisant la révérence.

« Oui, monsieur le maire... Oui, monsieur le maire... » oh! que ça m'amuserait! Et dire cependant que si Anatole et même Célimare voulaient avoir un bon mouvement... s'ils consentaient à réparer... l'un ou l'autre... je pourrais porter comme mademoiselle une couronne de fleurs d'oranger... seulement, j'en mettrais deux fois plus... parce que j'en ai plus besoin! .. (Faisant la révérence.) « Oui, monsieur le maire... » Et puis à l'Église, tout le monde me regarderait et l'on se bousculerait pour mieux me voir : Voilà la mariée! voilà la mariée! (Minaudant.) Ah! marquise! C'est la mariée qu'elle entre au bras de son homme. Reluquez-la donc! comme elle a z'un air modeste... Et patati.. Et patata!...

Elle continue à faire des mines et des courbettes devant la glace sans rien dire.

BARILLON, paraissant avec Virginie à la porte du fond et voyant le manège d'Ursule.

Oh!...

URSULE, qui ne les a pas entendus, continuant à minauder (nº 1).

Oh! marquise! C'est la première fois que je me marie!...

BARILLON (nº 2).

Vous n'avez pas bientôt fini de faire le singe devant la glace, vous!

URSULE, sursautant.

Ah! Monsieur, mademoiselle!...

VIRGINIE (nº 3).

Eh bien! ne vous gênez pas, Ursule!

BARILLON.

On vous en donnera des... Oh! marquise... c'est la première fois que je me marie!... Si ça ne fait pas pitié!

URSULE.

J'étais en train d'épingler!...

BARILLON.

Quoi d'épingler!... quoi d'épingler!... Qui est-ce qui vous a permis de mettre cette couronne sur votre tête?... Allons, enlevez ça!

URSULE.

Oui, monsieur !

*Elle enlève la couronne qu'elle replace sur le mannequin.*

BARILLON.

Cette façon de tutoyer la fleur d'oranger, symbole de l'innocence.

URSULE.

Je me déguisais, monsieur !

BARILLON.

Oh ! par exemple !... ça oui, vous vous déguisiez !... (*L'indiquant.*) L'auréole de Jeanne-d'Arc sur la tête de Marguerite de Bourgogne !

URSULE.

Monsieur ?

BARILLON.

C'est bien !... Vous ne pouvez pas me comprendre. Allez-vous en. Laissez-nous !

URSULE.

Il a le mariage aimable encore celui-là !

*Elle sort par fond.*

## SCÈNE II

BARILLON, VIRGINIE.

BARILLON, *au fond, derrière le canapé.*

A-t-on jamais vu une effrontée pareille !

VIRGINIE, *qui pendant ce qui précède, a enlevé son chapeau et l'a déposé sur la console du fond à droite, descendant à la table de droite.*

Mon Dieu, le mal n'est pas grand, cette fille s'amusait.

BARILLON.

Il y a des choses avec lesquelles on ne s'amuse pas.

VIRGINIE.

Oh ! de la fleur d'oranger !

BARILLON, *faisant le tour du canapé.*

Justement. C'est un port illégal de décoration. *(S'agenouillant sur le canapé.)* Virginie !

VIRGINIE.

Quoi ?

BARILLON (n° 1).

C'est la première fois que nous sommes seuls ensemble !

VIRGINIE (n° 2).

Eh bien ?

BARILLON.

Comment, eh bien ?... Vous me dites : Eh bien ?...

VIRGINIE.

Eh bien, oui, quoi !... pourquoi me dites-vous ça ?

BARILLON.

Mais pour vous faire remarquer, Virginie, que... c'est la première fois que nous sommes seuls ensemble.

VIRGINIE.

Oh bien ! ça ne fait rien !

BARILLON, *allant à Virginie.*

Tiens, je le sais bien que ça ne fait rien... ou plutôt si.. ça fait beaucoup... ça fait énormément pour moi... qui ne suis pas une nature en marbre... pour moi, qui ressens quelque chose là... pour moi qui vous aime.

VIRGINIE.

Ah ! non, mon ami, non ! Je vous en prie... assez sur ce thème-là !

BARILLON.

Mais pardon, j'ai le droit de vous parler ainsi ! Vous êtes ma femme.

VIRGINIE.

Oui. Eh bien ! attendez au moins que maman soit revenue de la mairie... Devant elle, vous pourrez me dire tout cela.

BARILLON.

Mais jamais de la vie !

VIRGINIE.

Comment !

BARILLON.

Mais je n'ai pas besoin de votre mère pour cela !

VIRGINIE.

Si c'est légitime, ma mère a le droit d'entendre...

BARILLON.

Mais non... mais non...

VIRGINIE.

Alors, puisque ce n'est pas légitime, j'ai le devoir de ne pas vous écouter...

BARILLON.

Mais sacrebleu... si, c'est légitime...

VIRGINIE, *s'asseyant sur la chaise de droite.*

Oh ! ne jurez pas !

BARILLON.

Non !... Enfin, je dis : Si, c'est légitime, ce n'est pas une raison pour que votre mère !... Il y a bien d'autres choses qui sont légitimes, et je vous prie de croire que je ne convoquerai pas madame votre mère...

VIRGINIE.

Déjà !... déjà !... Vous montrez votre caractère autoritaire...

BARILLON.

Moi !

VIRGINIE, se levant.

Voulez-vous que je vous dise ?... Vous n'aimez pas ma mère !

BARILLON.

Mais si... mais si...

VIRGINIE.

Je vois bien la figure que vous faites quand elle vous embrasse !

BARILLON.

Mais non .. Mais c'est qu'aussi elle a la manie de toujours vous embrasser... avec sa figure qui gratte contre la vôtre...

VIRGINIE.

Comment, qui gratte ?...

BARILLON.

Mais oui... elle devrait se raser... Je me rase bien, moi !

VIRGINIE, passant au n° 1.

Ah ! Vous devenez irrespectueux !... Ma mère est une nature tendre qui a besoin d'effusion !

BARILLON.

Qu'elle effuse un peu ailleurs, que diable !

VIRGINIE.

Non !... Tenez !... Vous n'avez aucun égard pour maman.

BARILLON.

Moi !...

VIRGINIE.

Tout à l'heure encore à la mairie, vous l'avez plantée là !... Vous m'avez entraînée comme un fou !

BARILLON.

Tiens, je vous crois... le maire... qui... Alfonso !... (L'entraînant jusqu'au canapé, et la faisant asseoir auprès de lui.) Et puis c'est que j'avais hâte de me trouver seul avec vous, hâte de vous dire tout ce que j'avais sur le cœur !... Ah ! Virginie ! ma petite Virginie !

Il la serre dans ses bras.

VIRGINIE, essayant de se dégager.

Ah ! je vous avais défendu...

BARILLON, l'embrassant.

Bah ! j'enfreins toutes les défenses... Vous êtes ma femme... Tu es ma femme... rien ne peut t'enlever à moi et je t'aime !

Il l'embrasse.

## SCÈNE III

LES MÊMES, MADAME JAMBART.

MADAME JAMBART, paraissant au fond et poussant un cri en les voyant.

Ah ! mon Dieu !... (Elle dépose sur la console du fond son chapeau qu'elle tenait à la main et descend au n° 3.) Arrêtez ! arrêtez...

BARILLON, n° 2, et VIRGINIE, n° 1.

Qu'est-ce qu'il y a ?

MADAME JAMBART.

Ah ! mes enfants ! si vous saviez ce qui arrive... J'en suis encore tout sens dessus dessous. Virginie, mon enfant, réjouis-toi!

VIRGINIE et BARILLON.

Mais quoi ? Pourquoi ?

MADAME JAMBART.

Tu ne voulais pas épouser M. Barillon, n'est-ce pas ? C'est à contre-cœur que tu devenais sa femme. Eh bien ! tout est arrangé ! Tout est aplani !

VIRGINIE, se levant.

Comment?

MADAME JAMBART.

Tu n'es plus la femme de Barillon... Barillon n'est plus ton mari.

BARILLON.

Allons, quoi ! qu'est-ce que ça veut dire ? qu'est-ce que vous dites ?

MADAME JAMBART, lui sautant au cou.

Ah ! Barillon ! Barillon !

BARILLON, se dégageant.

Laissez-moi donc tranquille !

MADAME JAMBART.

Pardon ! c'est la joie... le bonheur...

BARILLON, se levant.

Enfin, voyons, parlez, expliquez-vous !

VIRGINIE.

Oui, maman, quoi ?

MADAME JAMBART.

Eh bien, voilà... vous savez... vous savez l'acte...

BARILLON et VIRGINIE.

L'acte !

MADAME JAMBART.

L'acte de mariage.

BARILLON et VIRGINIE.

Eh bien?

MADAME JAMBART.

Eh bien, on s'est trompé. Au lieu du nom de Virginie, on en a mis un autre...

BARILLON.

A la place de Virginie... Une autre?...

MADAME JAMBART.

Et alors, n'est-ce pas?... Ce maire qui ne savait pas, au lieu de vous marier à Virginie, vous a marié à qui?

BARILLON.

A qui?... à qui?...

MADAME JAMBART, lui ouvrant les bras, et avec lyrisme.

Barillon, embrassez votre femme!

BARILLON, suffoquant.

Hein?... là... où ça?... qui?

MADAME JAMBART, même jeu.

Moi?...

BARILLON.

Hein!... je suis le... vous êtes la...

MADAME JAMBART.

Oui.

BARILLON, pousse un rugissement, — et se sauvant éperdu jusqu'à l'extrême droite, — il fait le tour de la table suivi de madame Jambart, et revient affolé s'effondrer à genoux et la tête dans ses mains sur le canapé.

VIRGINIE et MADAME JAMBART (nº 3), effrayées.

Ah! mon Dieu!...

MADAME JAMBART, voulant se jeter au cou de Barillon qui est toujours sur le canapé.

Barillon !...

BARILLON (n° 2).

Ne m'approchez pas ! Ne m'approchez pas !... (Hurlant.) Je suis le mari de ma belle-mère ? Je suis le mari de ma belle-mère !

MADAME JAMBART (n° 2).

Ah! mon Dieu! Barillon! je vous en prie, mon mari. mon époux !

BARILLON, prenant un coussin sur le canapé et l'en menaçant.

Ne prononcez pas ce mot-là! Ne prononcez pas ce mot-là !

MADAME JAMBART.

Vous êtes fou !... Calmez-vous! Virginie, je t'en prie !... dis-lui !...

VIRGINIE (n° 1).

Voyons, calmez-vous !

BARILLON, changeant de ton.

Et voilà, voilà ce qu'on me fait épouser... Je prends une femme jeune, jolie, et je me trouve le mari de ça, de ça, de ça!...

MADAME JAMBART.

Barillon !

BARILLON, la menaçant de son coussin.

Ne m'approchez pas !... Ne m'approchez pas ....

URSULE, annonçant.

Monsieur le maire !...

BARILLON, furieux.

Lui ! nous allons rire !

Il remonte.

## SCÈNE IV

LES MÊMES, PLANTUREL *.

BARILON, furieux, se précipitant sur Planturel, qui entre du fond.

Ah ! vous voilà ! vous !

PLANTUREL, le repoussant, et descendant au n° 3.

Chut !...

BARILLON.

Quoi ! « Chut » quoi ! « chut !... » C'est vous qui avez fait ce coup-là !

PLANTUREL.

Chut !

BARILLON.

Oh ! « Chut ! Chut ! » Il n'y a pas de « Chut... » vous croyez peut-être que ça va se passer comme ça !...

PLANTUREL, brusquement.

Ah ! chut ! je vous dis !...

Il le repousse brutalement. Barillon va tomber sur le canapé.

LES DEUX FEMMES.

Oh !

PLANTUREL, à part.

Il faut payer d'audace. C'est un capon, allons-y !

BARILLON.

C'est trop fort !... parce que vous êtes maire, vous

* Virginie 1. — Barillon 2. — Planturel 3. — Madame Jambart 4.

abusez de votre privilège pour marier les gens avec leur belle-mère !

PLANTUREL.

Oui, ça, c'est convenu... c'est une erreur !

BARILLON.

Une erreur ! Je la connais celle-là !... Il n'y a pas de danger que vous l'ayez mariée avec vous.

MADAME JAMBART.

Ah ! c'est blessant pour moi, ce que vous dites !

BARILLON.

Ah ! Je m'en fiche un peu que ce soit blessant. (A Planturel.) Mais, vous allez voir...

PLANTUREL.

Oui, vous, m'attaquerez devant les tribunaux ! Vous essaierez de faire casser le mariage !

BARILLON.

Oui.

PLANTUREL.

D'abord, qu'est-ce qui vous dit qu'on le cassera, ce mariage ?

BARILLON.

Comment !

PLANTUREL.

Eh ! oui !... parbleu !... car en somme, quel est le coupable dans tout ça ?... C'est vous !

BARILLON.

Moi !

PLANTUREL.

Oui !... Est-ce que vous n'étiez pas à la mairie comme moi ?... Est-ce que vous n'avez pas signé l'acte !... Quand je vous ai posé les questions d'usage, est-ce que vous n'avez pas répondu oui ?

MADAME JAMBART et VIRGINIE.

Ça, c'est vrai !...

BARILLON.

Permettez, j'ai répondu « oui !... » A ce moment-là tout le monde parlait à la fois !... J'avais un bandeau qui me bouchait les oreilles. Je ne pouvais pas entendre !

PLANTUREL.

Alors on ne répond pas oui quand on n'entend pas !

MADAME JAMBART.

C'est évident !...

PLANTUREL.

Voulez-vous que je vous dise ?... C'est vous qui serez condamné...

BARILLON.

Moi !...

PLANTUREL.

Oui... parce que je vous attaquerai pour avoir abusé de ma bonne foi...

BARILLON, avec indignation.

Oh !...

MADAME JAMBART et VIRGINIE.

Parfaitement ! Parfaitement !

BARILLON.

Ah ! c'est trop fort !... Eh bien, nous verrons bien ! Ça m'est égal, je plaiderai tout de même... et on le cassera ce mariage... Et vous aussi, vous serez cassé !

PLANTUREL.

Ah ! c'est comme ça !... ah ! vous voulez absolument le rompre ce mariage... Eh bien, je vais vous en donner le moyen... et sans le secours des tribunaux !

BARILLON, avec une lueur d'espoir.

Vous avez un moyen ?

PLANTUREL.

Oui... vous m'avez provoqué... Vous me devez une réparation... je vous tuerai...

Il remonte.

BARILLON, bondissant.

Me tuer !

MADAME JAMBART.

Et vous savez, Barillon, il est très fort aux armes !

PLANTUREL.

Je vais chercher mes témoins.

BARILLON.

Hein ! mais attendez donc !... attendez donc !...

PLANTUREL.

Je ne veux rien entendre...

BARILLON.

Mais si, voyons !... (Très aimable.) on peut causer !... on peut causer !...

PLANTUREL.

Persistez-vous à vous pourvoir en cassation ?

BARILLON.

Mais sacrebleu... Je ne peux pourtant pas rester le mari de madame Jambart!

MADAME JAMBART, avec une petite moue.

Oh ! Pourquoi donc ça ?...

BARILLON.

Ah ! Tiens !

PLANTUREL.

Ah ! mais, je ne vous y force pas !... si ça ne va pas, vous divorcerez.

BARILLON.

Hein ! comment, je peux !... (Lui indiquant le canapé.) Asseyez-vous donc !

PLANTUREL, s'asseyant sur le canapé à côté de Barillon : il est toujours au n° 3 et Barillon au n° 2.

Evidemment !... Sans compter que ça ne sera pas plus long !... Cassation ou divorce, c'est le même temps ! Et comme ça, au moins vous serez comme tout le monde, vous ne serez pas un phénomène !... le mari de sa belle-mère... un veau à deux têtes...

BARILLON, avec une mine de répulsion.

Ah ! là, un veau !

PLANTUREL.

Ça serait ridicule... Tandis que là, vous divorcez... (Se levant, passant devant madame Jambart et allant au n° 4.) Eh bien ! c'est un mari qui ne s'entend pas avec sa femme, c'est toujours comme ça... *

MADAME JAMBART.

Et qui vous dit même que nous divorcerons?

PLANTUREL.

Ah ! D'abord?...

BARILLON, à madame Jambart.

Ah ! bien, ça, par exemple, je vous en réponds !... ça n'est pas vous que je voulais épouser, n'est-ce pas? c'est votre fille !

PLANTUREL.

Mais elle est beaucoup trop jeune pour vous !

BARILLON, vexé.

Ah ! mais dites donc ! c'est mon affaire !

PLANTUREL.

Vous auriez l'air d'être son père !...

VIRGINIE.

Songez que j'ai dix-huit ans !

MADAME JAMBART.

Tandis que moi j'en ai quarante-deux et vous quarante.

* Virginie 1. — Barillon 2. — Madame Jambart 3. — Planturel 4.

BARILLON.

Eh bien ?

MADAME JAMBART.

Eh bien, il y a moins loin de quarante à quarante-deux que de dix-huit à quarante.

BARILLON, passant devant madame Jambart et allant au n° 3*.

Vous avez des raisonnements, vous !

PLANTUREL.

Alors, voyons, c'est convenu !

BARILLON, sur le point de céder.

Eh bien !... (Se retournant et perdant courage à la vue de madame Jambart qui lui fait une mine tendre.) Eh bien ! non ! non !... Je ne peux pas !... C'est plus fort que moi, je ne peux pas !...

MADAME JAMBART et VIRGINIE.

Oh !...

PLANTUREL, faisant mine de remonter.

Allons ! c'est bien !... je vous tuerai !

BARILLON.

Hein ! non ! eh bien ! si ! si ! la !

Il tombe effondré sur la chaise à gauche de la table.

TOUS, triomphant.

Ah !

PLANTUREL.

Allons donc !

MADAME JAMBART, radieuse.

Oh ! Barillon ! Barillon !... (A Virginie.) Virginie, embrasse ton beau-père !

Virginie passe devant madame Jambart et va à Barillon.

* Virginie 1. — Madame Jambart 2. — Barillon 3. — Planturel 4.

BARILLON, à Virginie qui veut l'embrasser.*

Beau-père! Ah! non! pas ça! pas ça!... c'est trop!...

PLANTUREL, serrant la main de Barillon et remontant.

Allons, Barillon, vous me devez votre bonheur!... (Saluant madame Jambart.) Madame Barillon, serviteur!...

Il sort par le fond.

## SCÈNE V

BARILLON, n° 3. MADAME JAMBART, n° 1. VIRGINIE, n 2.

BARILLON, avec désespoir.

Madame Barillon!

MADAME JAMBART, ravie, sautillant.

Il m'a appelée madame Barillon.

BARILLON, navré, toujours assis à la même place.

Madame Barillon!... ça: c'est madame Barillon. Je suis le mari de ma belle-mère et le beau-père de ma femme! J'en deviendrai fou!

MADAME JAMBART, allant à Barillon.

Ah! Barillon, je n'oublierai jamais ce que vous avez fait pour moi!

BARILLON.

Ah! bien, si vous croyez que c'est pour vous...

MADAME JAMBART.

Laissez-moi croire que c'est pour moi!... (Remontant

* Madame Jambart 1. — Virginie 2. — Barillon 3. — Planturel 4.

en sautillant jusqu'à la psyché et s'y regardant.) Mariée!... Je suis mariée!...

VIRGINIE, qui est passée pendant ce qui précède derrière la table de droite et se trouve au n° 3 *.

Ah! merci, de faire le bonheur de ma mère!

BARILLON, avec rage.

Ah!

MADAME JAMBART.

Ah! Je suis heureuse! Il me semble que j'ai dix-huit ans!

BARILLON, entre ses dents.

Ah! cré nom d'un chien!

MADAME JAMBART, descendant vers Barillon.

Barillon, ça prolonge ma vie d'au moins dix ans.

BARILLON.

Elle ne m'épargnera rien!

MADAME JAMBART, passant son bras autour du cou de Barillon qui est toujours assis, et l'écrasant de son poids.

Est-ce que nous ne serons pas parfaitement heureux comme ça, tous les trois ensemble?

VIRGINIE, de l'autre côté de la table, prenant les mains de Barillon.

Oui, bien heureux!

BARILLON, à Virginie.

Heureux, quand je vous perds!

VIRGINIE.

Vous y gagnez, maman!

BARILLON.

Je ne cherche pas la quantité!

VIRGINIE.

Et puis vous ne me perdez pas.

* Madame Jambart 1, Barillon 2, Virginie 3.

MADAME JAMBART.

Ce sont les rôles qui changent, voilà tout!

VIRGINIE.

Vous verrez comme ce sera gentil, monsieur Barillon!

MADAME JAMBART.

Mais ne l'appelle donc pas Barillon. C'est ton beau-père. Appelle-le papa.

BARILLON tressautant.

Papa!

VIRGINIE.

Oh! Oui, c'est ça! Ah! mon petit papa!

BARILLON, hors de lui, se levant et passant au n° 1.

Ah! non «papa», je vous en prie! pas ca! Je vous en prie!

## SCÈNE V

LES MÊMES, PATRICE *.

PATRICE, entrant vivement du fond.

Ah! monsieur Barillon! Vous voilà!

VIRGINIE et MADAME JAMBART.

Lui!

BARILLON.

Vous ici, monsieur! Vous avez l'audace? sortez!

PATRICE.

Mais je viens...

BARILLON.

Sortez!

* Barillon 1, Patrice 2, Madame Jambart 3, Virginie 4.

PATRICE, au fond du théâtre, tirant son mouchoir et l'agitant.

Je viens en parlementaire...

MADAME JAMBART et VIRGINIE.

Voyons, écoutez-le donc!

BARILLON.

Eh bien, quoi, qu'est-ce qu'il y a?

PATRICE, descendant en scène.

Ah! monsieur, je viens de la mairie; j'ai appris ce qui s'est passé.

BARILLON.

Hein? par qui?

PATRICE.

Par les garçons... Ça court la municipalité .. Ah! monsieur, laissez-moi vous dire combien je regrette la scène inqualifiable de ce matin.

BARILLON digne.

Ah! vraiment!

PATRICE.

J'ai été bien coupable, mais c'est l'amour qui m'avait rendu fou. Je vous fais toutes mes excuses.

BARILLON.

C'est bien, monsieur, c'est bien!

PATRICE.

Je viens vous dire que je fais des vœux pour votre bonheur!

BARILLON, avec rage.

Ah!...

MADAME JAMBART.

Mais il est tout à fait gentil, ce jeune homme!

PATRICE, montrant madame Jambart et passant son bras sur ses épaules.

Madame Jambart est une femme digne de vous,

aimée de sa famille, estimée de tous. Vous ne pouviez pas faire un meilleur choix.

BARILLON.

C'est bien, monsieur, ça suffit. Je ne vous demande pas votre avis.

PATRICE, *tirant des gants de sa poche et les mettant.*

Et maintenant, monsieur, maintenant que la situation est changée, ce n'est plus à l'époux que je m'adresse, c'est au père.

BARILLON, *au comble de l'ahurissement.*

Hein !...

PATRICE.

J'ai l'honneur de vous demander la main de mademoiselle Virginie, votre belle-fille.

BARILLON.

Hein ? qu'est-ce que vous dites ?...

PATRICE.

Je dis : J'ai l'honneur de vous demander la main de mademoiselle Virginie, votre belle-fille...

BARILLON.

Vous allez voir si je n'ai pas entendu ! (*Poursuivant Patrice qui passe derrière le canapé et va au n° 1 *.*) Ah ! vous vous en mêlez aussi, vous !... Vous en êtes de ce coup monté ! Vous en êtes ?...

PATRICE.

Quel coup monté ?

BARILLON.

Vous trouvez ça drôle de venir remuer vos ongles dans une plaie sanglante.

MADAME JAMBART.

Quoi ! quelle plaie saignante ?...

* Patrice 1, Barillon 2, madame Jambart 3, Virginie 4.

BARILLON.

Eh bien! Non, vous l'entendez, vous ne l'aurez pas !

PATRICE.

Oh!

VIRGINIE, suppliante, allant à Barillon et passant au n° 3.

Papa ! mon petit papa!

BARILLON.

Eh bien, justement pour « papa, mon petit papa » vous ne l'aurez pas. Ah ! je suis le papa! Eh bien ! je suis le maître, et voulez-vous que je vous dise ? Eh bien, plutôt que de vous la donner, j'aimerais mieux l'épouser moi-même !

TOUS.

Comment?

BARILLON, passant devant Virginie et allant au n° 3 *.

Eh! En secondes noces. La loi le permet.

TOUS.

Hein !

BARILLON.

Oh! et puis... Et puis, je ne veux plus vous voir. (Il retourne au n° 2 devant le canapé. — Patrice remonte derrière le canapé et va rejoindre Virginie qui est remontée aussi et se trouve devant la partie de droite, deuxième plan.) J'ai besoin d'être seul.... Laissez-moi tous!

MADAME JAMBART, s'avançant en faisant des mines.

Comment! moi aussi!

BARILLON, prenant un coussin et l'en menaçant.

Mais vous surtout !... Ah ! Je vous en prie !... Partez, je sens que je ferais un malheur !

MADAME JAMBART, à Patrice.

Ne l'irritez pas!

* Patrice 1. Virginie 2, Barillon 3. madame Jambart 4.

PATRICE.

Mais au moins m'est-il permis d'espérer...

MADAME JAMBART.

Oui, oui, mais venez !

PATRICE, à Barillon.

Nous partons, monsieur, nous partons.

Il sort avec madame Jambart et Virginie par la droite, deuxième plan.

## SCÈNE VI

BARILLON, seul, mettant sous son bras le coussin, dont il a menacé madame Jambart.

Je vais avoir une congestion, c'est sûr ! Je vais avoir une congestion !... Marié !... je suis marié avec cette femme ? Que faire ! D'un côté, aimer une femme que je ne peux pas épouser, et de l'autre, épouser une femme que je ne peux pas aimer ! Ah ! non ! c'est trop !

## SCÈNE VII

### BARILLON, URSULE, puis le PETIT TÉLÉGRAPHISTE.

URSULE, entrant du fond et descendant au n° 1.

Ah ! monsieur ! vous êtes là...

BARILLON.

Quoi? Qu'est-ce que c'est ?

URSULE.

C'est une lettre pour monsieur

BARILLON, avec mauvaise humeur.

C'est bien ! donnez ! (Il ouvre la lettre. — A Ursule.) Ah! c'est de Brigot !

URSULE.

Qu'est-ce que c'est que ça, Brigot?

BARILLON.

Est-ce que ça vous regarde ?

URSULE.

Alors, pourquoi monsieur me dit-il : ah! c'est de Brigot !

BARILLON.

Ce n'est pas à vous que je parle. (Lisant.) « Mon cher neveu, une dépêche me force de retourner à Troyes. » (Parlé.) Eh bien ! qu'il y aille! (Lisant.) « Je viendrai te voir dans une quinzaine, à mon prochain voyage à Paris. Sois heureux avec ta jolie petite femme. » (Avec rage.) Ma jolie petite femme!

Il déchire la lettre.

' Ursule 1, Barillon 2.

URSULE.

Ah! c'est vrai, au fait, monsieur, j'ai appris la bonne nouvelle.

BARILLON.

Quoi?... Quelle bonne nouvelle?

URSULE.

Mais le mariage de monsieur avec madame Jambart.

BARILLON, riant jaune, il passe devant Ursule et va au n°1*.

Ah! bon! oui, bien, merci!

URSULE, suivant Barillon qui se dirige vers la gauche.

Ah! que monsieur a donc bien fait de changer d'idée! Il est évident que mademoiselle était beaucoup trop jeune.

BARILLON, même jeu.

Oui! bien! c'est bien! ça suffit!

URSULE, même jeu.

Tandis qu'avec madame monsieur est bien plus en rapport. Ça fait un couple charmant.

BARILLON, même jeu.

Eh! bien, bon! c'est bon.

URSULE, même jeu.

A l'office, nous sommes tous très contents.

BARILLON, éclatant.

Voulez-vous vous en aller, vous? Voulez-vous vous en aller?

URSULE.

Mais, monsieur, je venais vous apporter les vœux de la cuisine.

* Barillon 1, Ursule 2.

BARILLON.

Eh bien! c'est bon, remportez les vœux. Allez!

Ursule remonte vers le fond.

LE PETIT TÉLÉGRAPHISTE, entrant du fond et descendant au n° 2 *.

Pardon! Il n'y a personne?

BARILLON.

Comment, « il n'y a personne. » Il y a moi!

LE TÉLÉGRAPHISTE.

Une dépêche pour madame Jambart...

BARILLON, la prenant.

C'est bien. Merci.

LE TÉLÉGRAPHISTE.

Nous avons appris au télégraphe la bonne nouvelle de votre mariage avec madame Jambart.

BARILLON, hors de lui.

Hein! toi aussi! veux-tu t'en aller!

LE TÉLÉGRAPHISTE.

Mais, monsieur...

BARILLON.

Veux-tu filer!

LE TÉLÉGRAPHISTE.

Eh bien! Et le pourboire?

BARILLON.

Attends un peu! Je t'en ficherai des pourboires! (Prenant le petit télégraphiste et le mettant dans les bras d'Ursule.) Allez, débarrassez-moi de ça.

LE TÉLÉGRAPHISTE, pendant qu'Ursule l'emporte.

Eh! va donc, pané!

Ursule sort par le fond en emportant le petit télégraphiste.

* Ursule 1 au fond, — le Télégraphiste 2 — Barillon 3.

## SCÈNE VIII

BARILLON, puis MADAME JAMBART.

BARILLON, tout en pétrissant nerveusement et sans y prendre garde le télégramme qu'il finit par mettre en boulette.

« Pané ! » il m'a appelé « pané ! » On dirait que chacun se donne le mot pour m'horripiler. Ah! j'en ferai une maladie !

Il jette la boulette de papier par terre et se laisse tomber sur le canapé.

MADAME JAMBART, entrant de droite ; elle a un peignoir très élégant et porte les cheveux dans le dos comme une jeune fille.

Ah! mon cœur bat ! Il bat comme à une petite vierge !... où est-il ? Ah ! le voilà ! pourvu qu'il me trouve gentille.

BARILLON, sur le canapé tournant le dos à madame Jambart et rêvant.

Ah ! Virginie ! (Madame Jambart l'embrasse ) Ah ! c'est elle !... (Se retournant et voyant madame Jambart.) Oh là là !

MADAME JAMBART (n° 2).

Je vous demande pardon, mon ami, mais le bonheur!...

BARILLON, se levant.

Ah! oui, c'est vrai ! Me voilà revenu à la réalité. J'oubliais! Vous ne pouviez pas me laisser dormir ?

MADAME JAMBART.

Est-ce qu'on dort le jour de ses noces?

BARILLON, passant à droite, n° 2.

Non ?... Ah! bien ! Vous verrez si je ne dormirai pas, par exemple!

* Barillon 1. — Madame Jambart 2.

MADAME JAMBART, remontant vers le fond au n° 1.

Est-ce que je ne ferai pas une mariée aussi bien que tant d'autres! (Allant prendre la couronne de mariée sur le mannequin du fond, la mettant sur sa tête, et s'envolant presque.) Tenez, regardez!

BARILLON.

Retirez donc ça!... (A part.) Si elle n'a pas l'air d'un singe savant!

MADAME JAMBERT, redescendant vers Barillon en sautillant et en frappant dans ses mains de joie.

Ah! je suis si contente!

BARILLON.

Oh! Et puis ne gambadez pas comme ça!

MADAME JAMBART.

Moi!

BARILLON.

C'est vrai! Vous êtes là à faire la petite folle.

MADAME JAMBART.

Barillon! Vous êtes froid. Sachez que j'ai toujours rendu mes maris heureux!

BARILLON, entre ses dents passant au n° 1[*].

Là! là! Ça m'étonnait qu'elle ne l'eût pas encore dit.

MADAME JAMBART, le suivant.

Allez demander à ce bon Pornichet, s'il a eu à se plaindre de moi de son vivant...

BARILLON.

Moi?... Je vous remercie bien!...

MADAME JAMBART.

Et à ce pauvre Jambart! Il m'a connue bien peu de temps, car il est parti le lendemain de ses noces.

[*] Barillon 1. — Madame Jambart 2.

BARILLON, à part.

Le veinard !

MADAME JAMBART.

Mais, c'est égal, il a eu le temps d'apprécier son bonheur avant que la mer ne l'engloutit. Allez-le lui demander aussi...

BARILLON.

Mais allez-y donc vous-même !

MADAME JAMBART

Ah ! Barillon ! vous m'aimerez, aussi vrai... (Apercevant la boulette de papier froissée à terre.) aussi vrai que cette boulette de papier est là...

BARILLON.

Cette boulette !... Ah ! à propos, c'est une dépêche pour vous !...

MADAME JAMBART.

Pour moi ?

BARILLON.

Oui, on l'a apportée... alors, comme vous n'étiez pas ici, je l'ai mise là...

MADAME JAMBART.

Eh ! bien donnez-la moi.

BARILLON ramenant la boulette avec son pied.

Mais prenez-la donc vous-même.

MADAME JAMBART.

Oh ! voyons, Barillon, soyez galant.

BARILLON, ramassant la boulette en maugreant.

Ah !... c'est votre busc... c'est votre busc qui vous gêne ?... Tenez, la voilà, votre dépêche.

Il la remet à madame Jambart.

MADAME JAMBART, prenant la dépêche.

Eh bien ! Elle est dans un joli état. (Lisant l'adresse.)

Madame Jambart, avenue Marceau... — Voir rue de la Pompe. — Voir rue des Ternes. — Voir rue Caumartin.

BARILLON, qui pendant la lecture de l'adresse est remonté au fond et est passé au n° 2.

Sapristi ! Voilà une dépêche qui a fait du chemin.

MADAME JAMBART (n° 1).

Toutes mes adresses depuis deux ans ! Qui est-ce qui peut bien me télégraphier ? (Ouvrant la dépêche et courant à la signature.) Ah ! mon Dieu !...

Elle tombe sur le canapé.

BARILLON.

Hein ! qu'est-ce que vous avez ?... Ah ! mon Dieu ! Au secours, Virginie !

## SCÈNE IX

LES MÊMES, VIRGINIE, PATRICE.

Virginie accourt de droite avec Patrice.

VIRGINIE, courant à madame Jambart.

Ah ! mon Dieu ! Maman ! maman !

PATRICE.

Qu'est-ce qu'il y a ?

BARILLON, qui pendant ce qui précède a fait le tour du canapé par derrière et se trouve au n° 1*.

Voyons ! qu'est-ce que vous avez ?

MADAME JAMBART.

Ah ! Barillon !...

* Barillon 1. — Madame Jambart 2. — Virginie 3. — Patrice 4.

TOUS.

Quoi ! quoi ?

MADAME JAMBART.

Jambart ! Jambart est vivant !

VIRGINIE et PATRICE.

Hein ?

BARILLON, suffoqué.

Jamb... Jamb... Jambart est... Qu'est-ce que vous dites ?

MADAME JAMBART.

Cette dépêche... c'est de lui... Il revient... Ah !...

Elle se trouve mal.

BARILLON.

Ah !

Il tombe sur le canapé à côté de madame Jambart.

VIRGINIE.

Ah ! mon Dieu ! Ils se trouvent mal tous les deux ! (A Patrice.) Venez donc m'aider !

PATRICE.

Oui.

Il va derrière le canapé entre Barillon et madame Jambart et frappe dans les mains de Barillon pendant que Virginie frappe dans celles de madame Jambart. Madame Jambart et Barillon sont affalés de telle sorte, sur le canapé, que leurs genoux seuls se touchent, tandis qu'ils ont chacun la tête aux extrémités du meuble.

BARILLON et MADAME JAMBART, toujours en syncope, poussant un grand soupir.

Ah !

Dans un mouvement simultané tous deux laissent retomber leur tête en avant, de façon à ce que la tête de Barillon arrive sur la poitrine de madame Jambart.

MADAME JAMBART, à moitié évanouie

Ah ! mes enfants ! mes enfants... (Tout à coup, elle pousse un hurlement strident qui remet Barillon à lui-même.) Ah !

TOUS.

Quoi ?

MADAME JAMBART, se levant.

Ah! mon Dieu! mais alors!... s'il est vivant, il est aussi mon mari!

TOUS.

Oui.

MADAME JAMBART.

Ah! mon Dieu! Je suis *bighomme*!!!

TOUS, avec horreur.

Oh!

BARILLON, brusquement, après une seconde de réflexion.

Et moi aussi!

MADAME JAMBART.

Vous, mais vous n'avez qu'une femme!

BARILLON, avec désespoir.

J'ai une femme et un mari!

MADAME JAMBART.

Mais alors on va nous traîner devant les tribunaux.

BARILLON *.

Nous n'avons qu'une chose à faire : partons pour la Turquie.

MADAME JAMBART.

Ah! Barillon! quelle situation!

BARILLON.

Et Dieu sait pourtant que ce n'est pas de notre faute.

PATRICE, qui pendant ce qui précède n'a pas perdu son temps et embrasse les mains de Virginie.

Voyons! Voyons! Il ne faut pas jeter comme ça le manche après la cognée.

* Barillon 1. — Madame Jambart 2. — Virginie 3.— Patrice 4.

TOUS, avec désespoir.

Ah!

PATRICE.

Mais si, mais si, que diable! Il faut réagir! Vous êtes des hommes!

MADAME JAMBART.

Oui.

PATRICE.

Après tout, qu'est-ce qui vous prouve que la dépêche est authentique ?

TOUS.

Ah! mon Dieu! mais c'est vrai!

PATRICE.

C'est peut-être une farce qu'on a voulu vous faire.

TOUS.

Au fait...

PATRICE.

C'est aujourd'hui le premier avril.

TOUS.

Mais oui, mais oui.

BARILLON.

C'est un poisson d'avril.

TOUS.

C'est évident! c'est un poisson d'avril!

MADAME JAMBART.

Ah! mon Dieu! quelle émotion nous avons eue!

BARILLON, ravi, embrassant madame Jambart en lui tapotant dans le dos avec ses deux mains.

Que c'est stupide de faire des farces pareilles! aussi, fallait-il que nous fussions bêtes de croire qu'il était vivant!

PATRICE, même jeu, embrassant Virginie.

Parbleu! s'il l'était, depuis deux ans, il serait revenu!

MADAME JAMBART.

D'ailleurs, c'est connu... Son bateau a fait naufrage. Tout l'équipage a péri dans les flots.

BARILLON.

C'est évident... il a été mangé par les poissons...

MADAME JAMBART.

Mais oui, il a été mangé...

TOUS, chantant et dansant de joie.

Il a été mangé! il a été mangé!

## SCÈNE X

LES MÊMES, URSULE.

URSULE, annonçant.

M. Jambart!

TOUS.

Jambart! (Ils se regardent un moment effarés, puis cherchent tous à se sauver en criant à qui mieux mieux.) Jambart! Jambart!

Virginie se précipite à droite, premier plan, madame Jambart se précipite du côté de Barillon qui se précipite de son côté et se cogne contre elle. — Ils rebroussent brusquement chemin l'un et l'autre, font le tour du canapé en sens inverse et se retrouvant face à face, se cognent encore l'un contre l'autre. — Barillon faisant demi-tour se précipite dans la chambre de gauche, deuxième plan. Madame Jambart rebroussant chemin veut s'élancer vers la droite, deuxième plan, et vient se cogner dans Patrice qui cherche aussi à se sauver. — Ils font tous les deux demi-tour et se sauvent par la droite, deuxième plan.

URSULE, étonnée de les voir tous fuir.

Eh bien! Ils partent!

## SCÈNE XI

URSULE (n° 1), JAMBART (n° 2).

JAMBART, paraissant au fond. — Accent marseillais.

Ah! Vous m'avez annoncé?

URSULE, voulant se sauver.

Ah!

JAMBART, la retenant.

Eh bien, quoi donc, la *pitchoune*? on dirait que je vous fiche le trac!

URSULE, tremblant, reculant jusque devant le canapé en en faisant le tour par derrière.

Non, monsieur, non!

JAMBART.

Que diable! C'est moi Jambart! On m'a cru mort! Je ne suis pas mort, et voilà tout.

URSULE.

Ah! vous n'êtes pas mort?

JAMBART.

Tiens, tu badines. (Allant à Ursule.) Est-ce que je n'ai pas l'air d'un homme vivant? Tiens, regarde! si je suis un homme vivant.

Il l'embrasse.

URSULE.

Ah! monsieur!

JAMBART.

Troun de l'air!... Ça a beau être une camériste,

quand on a été naufragé dans une île déserte... on trouve tout de même que c'est une femme.

URSULE.

Tiens! mais qu'est-ce que je suis donc?

JAMBART.

C'est juste! Tu es du sexe! Ah ça! dis-moi, et ma femme?

URSULE.

Votre femme?

JAMBART.

Oui, enfin, madame Jambart, ma moitié!

URSULE.

Hum!... Ce n'est plus qu'un quart.

JAMBART, qui ne comprend pas.

Elle a diminué?... Elle a maigri, c'est le chagrin!

URSULE.

Oui, le chagrin, sans doute! (A part.) Après tout, j'aime autant que ce soit elle qui le lui dise!

JAMBART.

Elle m'a tant aimé... en une nuit, pécaïre! (A Ursule.) Dis donc, à propos, descends chez le concierge. Tu trouveras différents paquets que tu monteras: ma valise, des armes et... un phoque.

URSULE.

Un phoque?

JAMBART.

Oui, pendant mon séjour dans l'île, je l'ai dressé. S'il t'appelle: « maman, » ne t'inquiète pas, c'est le résultat de l'éducation.

URSULE.

Un phoque! Mais où le mettrai-je?

JAMBART.

Tu le mettras dans le tub... Ah! dis donc, as-tu de l'eau de mer ici?

URSULE.

Non. Il n'en vient pas encore!

JAMBART.

Eh bien! c'est égal! Tu lui fourreras de l'eau ordinaire avec du sel de cuisine... Il n'est pas gourmet, il ne s'en apercevra pas!

URSULE.

Non!

JAMBART.

Et puis, à Paris, il faut qu'il s'habitue aux falsifications! Allons, va!

URSULE.

Oui, monsieur. Je vais mettre le phoque dans le tub.

Elle prononce comme « *tube* ».

JAMBART.

C'est ça, va tuber le phoque! va! va!

Elle sort par le fond.

## SCÈNE XII

JAMBART.

Ah! ça fait plaisir de se retrouver chez soi! mais pécaïre, où est donc tout le monde? ma femme, ma belle-fille! Elles doivent être dans l'appartement... Je vais faire le tour du propriétaire...

Allant à la porte de gauche, deuxième plan, et l'entr'ouvrant. On aperçoit la main de Barillon qui referme la porte.

VOIX DE BARILLON.

On n'entre pas!

JAMBART.

Ah! pardon!... ce doit être le cabinet de toilette!

(Va à la porte de droite, deuxième plan.) Pauvre femme ! Je devine sa joie quand elle va me revoir.

Il tire la porte à lui.

VOIX DE MADAME JAMBART.

On n'entre pas !

JAMBART.

Mais c'est elle; c'est sa voix, Frédégonde, ouvre-moi, mais ouvre-moi donc! (Il pousse la porte. On entend un cri de madame Jambart.— Gagnant le milieu de la scène.) Hé! que diable! qu'est-ce qui t'arrête! C'est moi ton homme! Viens donc embrasser ton époux!

## SCÈNE XIII

JAMBART (n° 1), MADAME JAMBART (n° 2).

MADAME JAMBART, paraissant.

Emile !

JAMBART.

Eh! oui, c'est moi! Ton Emile! Ah! chère! quelle joie de te revoir! (Avec élan.) Ah! (Il l'enlace de ses deux bras et la tient un instant embrassée, puis, lui prenant les deux mains.) Mais laisse-moi te regarder! (Nouvel élan.) Ah! (Il la serre contre sa poitrine — et au dessus de sa tête, au public:) Oh! elle a un coup de vieux!

MADAME JAMBART, émue.

Alors, c'est vous?

JAMBART.

Oui, ça t'étonne, eh!... Et moi donc, je me demande si je rêve! J'en ai vu de rudes, va!

MADAME JAMBART.

On m'avait dit que tu avais été mangé par les poissons...

JAMBART.

Non, j'ai manqué seulement... Quand je suis tombé à l'eau, j'ai vu un requin qui me reluquait; alors je me suis dit : « Toi, mon vieux, tu veux me goûter, eh? »! et au moment où il se retournait, je l'ai étranglé! Ça a fait un exemple. — Quand les autres ont vu ça, ils se sont dit : C'est un homme de Marseille, ne nous y frottons pas.

Il passe devant madame Jambart et va au n° 2 *.

MADAME JAMBART.

Vraiment?

JAMBART.

Mais, je te raconterai ça... (Retournant à madame Jambart et derrière elle, lui parlant par dessus l'épaule, tous deux face au public.) En ce moment, je suis tout à la joie de te revoir... Si tu savais quel trésor de tendresse, d'amour, je t'apporte. J'en ai fait collection!

MADAME JAMBART.

Ah!

JAMBART.

Je te rapporte tout.

MADAME JAMBART, distraite.

Vous êtes bien gentil d'avoir pensé à moi.

JAMBART.

Allons, Frédégonde, sur mon sein.

MADAME JAMBART.

Ah! mon Dieu! Et l'autre qui est par là!

JAMBART.

Mais qu'est-ce que tu as? Je te trouve froide!

MADAME JAMBART.

Moi?

* Madame Jambart 1. — Jambart 2.

JAMBART.

Que diable ! après deux ans de séparation, tu me marchandes les baisers. Est-ce que tu ne m'aimes plus ?

MADAME JAMBART.

Si.

JAMBART, derrière madame Jambart, lui parlant par dessus l'épaule.

Ah ! c'est qu'il va falloir rattraper le temps perdu. Il va falloir aimer pour deux !

MADAME JAMBART, passant au n° 2 *.

Ah ! oui ! pour deux !

JAMBART.

Décidément elle est froide. (Voyant la robe de mariée sur le mannequin.) Mais qu'est-ce que c'est que cette robe ?

MADAME JAMBART, embarrassée.

Ça... c'est une robe de mariée !

JAMBART.

Je le vois bien. Eh parbleu ! j'y suis !... c'est Virginie !... Hé ! c'est Virginie qui se marie !

MADAME JAMBART.

Oui, oui, justement !

JAMBART.

Ah ! où est-elle cette brave enfant ? Elle doit avoir grandi. (Remontant et appelant.) Virginie ! Virginie !

MADAME JAMBART, à part, passant au n° 1.

Ah ! mon Dieu ! Je n'oserai jamais lui avouer !

JAMBART, allant à la porte de droite et appelant.

Virginie ! Eh ! Virginie !

* Jambart 1. — Madame Jambart.

## SCÈNE XIV

LES MÊMES, VIRGINIE.

JAMBART, à Virginie qui paraît à droite, premier plan.

Ah ! la voilà. Virginie, sur mon sein, que je te presse.

VIRGINIE, l'embrassant.

Vous ! quel bonheur !

JAMBART, il la fait descendre en scène et se trouve au n° 2.*

Il paraît que j'arrive bien. Tu te maries, hé !

Madame Jambart fait signe à Virginie de dire oui.

VIRGINIE.

Moi !

Madame Jambart fait signe à Virgine de plus belle.

JAMBART.

Mais, c'est évident, toi ! (A madame Jambart dont il surpread la mimique.) Pourquoi est-ce que tu t'agites comme ça, toi ?

MADAME JAMBART.

Moi... mais...

JAMBART, à Virginie.

Enfin, est-ce que tu ne te maries pas ?

VIRGINIE.

C'est-à-dire que j'ai été à la mairie ce matin, mais...

MADAME JAMBART, lui coupant la parole.

Mais le mariage à l'église n'a pas encore eu lieu.

JAMBART.

Ah ! Tant mieux... J'y assisterai... Alors la mairie

* Madame Jambart 1. — Jambart 2. — Virginie 3.

c'est fait. Et avec qui est-ce qu'on t'a mariée à la mairie?

VIRGINIE.

Avec M. Barillon!... mais...

MADAME JAMBART, vivement.

Mais... mais pas avec d'autres.

JAMBART, étonné.

Quoi?

MADAME JAMBART.

Je dis : pas avec d'autres?

JAMBART.

Qu'est-ce que tu me chantes? pas avec d'autres! Est-ce que tu veux qu'elle en épouse trente-six?

MADAME JAMBART.

Non.

JAMBART.

Eh bien, alors? (A part.) Est-ce qu'elle aurait reçu aussi un coup de timbre? (Haut.) Eh bien! où est-il ce Barillon? Je veux le voir, moi!

MADAME JAMBART, indiquant la gauche.

Ah! ma foi, tant pis! Il est là!... (A part.) Après tout, j'aime mieux que ce soit lui qui lui dise...

JAMBART, remontant jusqu'à la porte de gauche, deuxième plan et appelant.

Il est là?... Barillon! Barillon! (Essayant d'ouvrir la porte qui résiste.) Eh! ouvrez donc!

VOIX DE BARILLON.

Non, non!

JAMBART.

Eh si! (Ouvrant la porte.) Eh! arrivez donc, Barillon!

## SCÈNE XV

LES MÊMES, BARILLON.

BARILLON, *paraissant.*

Eh!

JAMBART, *tirant par la main Barillon qui résiste et le faisant descendre en scène.**

Arrivez donc! Vous êtes de la famille.

BARILLON.

Vous dites?

JAMBART.

Je sais tout! On m'a tout appris.

BARILLON.

Hein! Vous savez? (*A madame Jambart.*) Quoi, vous lui avez dit?

MADAME JAMBART.

Je lui ai dit et je ne lui ai pas dit...

JAMBART.

Quoi! Tu ne m'as pas dit?... Si, tu m'as dit; tu m'as annoncé le mariage...

MADAME JAMBART.

Oui.

BARILLON.

Et ça vous a été égal?

* Madame Jambart 1. — Barillon 2. — Jambart 3. — Virginie.

JAMBART.

Moi... j'ai été enchanté... Je me suis dit : c'est un de plus dans le ménage.

BARILLON, à part.

Eh bien ! il prend bien les choses.

JAMBART.

Vous verrez comme nous nous entendrons bien. Quand on est destiné à vivre ensemble, on se fait des concessions réciproques, hé !

BARILLON.

Evidemment ! D'ailleurs, ce n'est que pour un temps.

JAMBART.

Comment pour un temps !

BARILLON.

Je l'ai épousée, mais je vous promets que nous divorcerons.

JAMBART.

Comment, divorcer !... mais, ça ne se fait pas, ces choses-là !

BARILLON, à part.

Comment ! Il veut que je garde sa femme !

JAMBART.

Qu'est-ce qui vous déplait là-dedans ? Virginie est une femme charmante.

BARILLON.

Virginie ?

JAMBART.

Eh bien, oui... Votre femme !

BARILLON.

Hein ! Il ne sait donc rien ?... (Bas à madame Jambart.) Vous ne lui avez donc pas dit ?

MADAME JAMBART.

Non! J'ai voulu, mais ça n'est pas sorti.

JAMBART.

Eh bien!... qu'est-ce qu'il y a?

MADAME JAMBART, bas à Barillon.

Voyons... du courage. Dites-lui...

BARILLON.

Comment! Vous voulez?

MADAME JAMBART, à Jambart.

M. Barillon a quelque chose à vous dire.

BARILLON.

Oh! ça ne presse pas.

MADAME JAMBART.

Nous reculons pour mieux sauter!

JAMBART.

Eh bien! Je vous écoute.

BARILLON.

Eh bien, voilà!... dans la vie... le... la... les... Et vous avez fait bon voyage?

TOUS.

Hein!

JAMBART.

C'est ça que vous aviez à me demander?

BARILLON.

Oui, précisément.

MADAME JAMBART.

Mais voyons!

BARILLON, bas.

Laissez donc... J'attends un biais.

JAMBART.

Mon voyage! Ah! c'est toute une odyssée!

BARILLON.

Eh bien ! allez ! allez ! prenez votre temps ! prenez votre temps !

MADAME JAMBART, bas.

Mais, alors, quand lui direz-vous ?

BARILLON, bas.

Eh bien ! attendez ! Tout à l'heure !... plus tard... quand j'aurai trouvé le joint, on ne peut pas dire comme ça de but en blanc à un monsieur : dites donc... vous savez... j'ai épousé votre femme ! Il faut des formes !

VIRGINIE, étourdiment à Jambart.

Ah ! mon Dieu ! Il n'osera jamais.

JAMBART, qui pendant ce qui précède a pris la chaise qui est à côté de la table, l'a retournée et s'est mis à cheval dessus.

Quoi ?

VIRGINIE.

Rien !

BARILLON, à Jambart.

Vous disiez donc que ce voyage...

JAMBART, à cheval sur sa chaise.

Vous savez que j'étais parti pour pêcher la morue... malheureusement mon voyage fut interrompu par un naufrage.

BARILLON, riant bêtement.

Ça rime.

JAMBART.

Vous dites ?

BARILLON.

Je dis : Voyage et naufrage, ça rime.

JAMBART.

Oui. (A part.) Il est bête, mon gendre. (Reprenant.)

Ah! je m'en souviendrai toujours, un grand craquement dans la coque, suivi d'un grand cri.

LES DEUX FEMMES, avec horreur.

Oh!

JAMBART.

Et puis, de l'eau! de l'eau!

BARILLON, souriant bêtement.

C'était la mer!

JAMBART.

Oui! (A part.) Décidément il est bête! (Reprenant.) Je fonçais, je fonçais... Et puis quand j'eus fini de foncer, je remontai, je remontai jusqu'à la surface; je regardai autour de moi, la mer était toujours là!

BARILLON.

Ah! encore?

JAMBART.

Oui, encore, et toujours en furie... des vagues partout, partout... et de tout ce qui fut notre bateau, il ne restait plus que moi. Oh! ç'a été un coup!... Je restai là un moment à m'arracher les cheveux de mes deux mains.

BARILLON.

Vous aviez pied?

JAMBART.

Mais non, voyons, puisque j'étais en pleine mer.

BARILLON.

Ah! je croyais. Comme vous vous arrachiez les cheveux...

JAMBART.

Eh bien! quoi! je m'arrachais les cheveux en faisant la planche.

BARILLON.

Ah! oui, c'est juste! (A madame Jambart.) Oui, il faisait la planche et puis de temps en temps alors, il arrachait!

JAMBART.

Au bout d'une heure de natation, je commençais à m'embêter sur l'eau, lorsque j'aperçus à l'horizon, à une dizaine de lieues, une île déserte.

MADAME JAMBART.

A quoi voyais-tu qu'elle était déserte?

JAMBART.

A ce qu'il n'y avait personne. Alors, je me dis : Voilà mon affaire. Seulement, comme mes vêtements étaient mouillés...

BARILLON.

Il pleuvait?

JAMBART.

Mais non,... puisque j'étais dans la mer.

BARILLON.

Ah!... c'est juste!... Comme ils étaient avec vous...

JAMBART.

Naturellement! (A part.) Quelle croûte!... (Reprenant.) Et alors comme ils me gênaient, je m'arrête un instant pour les ôter!

MADAME JAMBART, brusquement.

Eh! mais, la voilà, la voilà, la clef de l'énigme. Voilà pourquoi on vous a cru perdu.

JAMBART.

Comment?

MADAME JAMBART.

Ces vêtements ont été retrouvés avec tous vos papiers sur le rivage de Terre-Neuve où la mer les avait apportés.

JAMBART.

Comment, la mer a fait ça pour eux. Eh bien! ils ont de la veine! Si j'avais su, je les aurais suivis!

BARILLON.

Mais pourquoi n'avez-vous pas cherché à aller à Terre-Neuve?

JAMBART.

Tiens! Je voudrais vous y voir, vous, en pleine mer! Si encore j'avais eu une boussole.

BARILLON.

Vous l'aviez perdue?

JAMBART.

Oh! oui... Pour le moment j'avais cette île en objectif. Donc, je me remets en route, et au bout de sept heures d'horloge, j'accoste.

*Il se lève et replace sa chaise contre la table.*

JAMBART.

Tu étais sauvé.

JAMBART.

Oui, mais quelle existence après!... Deux ans dans cette île, livré à moi-même, sans abri, ne vivant que de ma pêche, quelquefois crevant de faim...

MADAME JAMBART.

Ah! mon Dieu! c'est horrible!

BARILLON.

Oui, c'est horrible!... Deux ans sans manger! mais vous avez peut-être faim?

MADAME JAMBART.

Oh! c'est vrai.

BARILLON.

Mais oui, mais oui! (*A Virginie.*) Allez lui chercher quelque chose.

JAMBART.

Non! non!

VIRGINIE, *passant devant Jambart et remontant vers la droite.*

Je vais aller chercher quelque chose, ce que je trouverai.

*Virginie sort par la droite, deuxième plan.*

BARILLON.

Oui! n'importe quoi, une croûte.

*Barillon qui est remonté à la suite de Virginie passe derrière le canapé pendant ce qui suit et se trouve au n° 1 *.*

JAMBART.

La chère petite. Elle est mignonne! Ah! oui, mes amis, cela a été dur! mais ce qui m'a fait plus, c'est l'isolement. Ah! que n'étais-tu là, Frédégonde! A nous deux nous aurions repeuplé l'île. Moi seul, je ne pouvais pas y penser.

BARILLON.

Naturellement.

JAMBART.

Mais je te retrouve! ah! chère!... Sur mon sein que je te presse!

*Il l'embrasse.*

BARILLON.

Et dire que je suis là, moi!...

JAMBART.

Mais à propos, je ne t'ai pas vue depuis notre nuit de noces... Je voulais te demander... Nous n'avons pas d'enfant?

MADAME JAMBART.

Non!

JAMBART.

Ah! alors chou-blanc!... Eh bien! c'est à refaire!

BARILLON.

Comment! c'est à refaire!

MADAME JAMBART.

Ça ne peut pas durer plus longtemps. Mettez-le au courant de la situation.

* Barillon 1. — Madame Jambart 2. — Jambart 3.

BARILLON, *à part.*

Oh! la la! Comme c'est facile! Enfin! il le faut! (*Passant devant madame Jambart et allant au n° 2. — A Jambart*.*) Monsieur Jambart?

JAMBART.

Mon garçon!

BARILLON, *riant bêtement.*

Eh! eh! eh!

JAMBART.

Eh bien, quoi, eh! eh! eh! Qu'est-ce que vous avez à rire?... (*A part.*) Il est gai ce garçon... bête, mais gai.

BARILLON.

C'est une idée qui me venait... Je me disais... en revenant, comme vous êtes revenu... n'est-ce pas... enfin, ça aurait pu arriver.

JAMBART.

Mais quoi? quoi?

BARILLON.

Eh bien, si votre femme... Elle en avait le droit... n'est-ce pas, puisqu'elle se croyait veuve... Eh bien... si... si vous l'aviez trouvée remariée, hein?... quelle tête auriez-vous faite?

JAMBART, *lui portant une botte.*

Quelle tête? Ah! blagueur!

BARILLON.

Oui... (*A part.*) Heigne, ça y est.

JAMBART.

La tête que j'aurais faite?... Eh bien, je n'en aurais pas fait.

BARILLON, *ravi.*

Oui!... Eh bien, alors....

* Madame Jambart 1. — Barillon 2. — Jambart 3.

JAMBART, continuant.

Eh bien, alors !... Le premier des deux que j'aurais rencontré, je l'aurais tué.

MADAME JAMBART et BARILLON, reculant instinctivement.

Hein ?

BARILLON, à madame Jambart, la faisant passer devant lui au n° 2*.

Le premier ! Passez devant ! Passez devant !

JAMBART.

Quant à l'autre, je lui aurais fait son affaire.

BARILLON, reculant.

Ah ! mon Dieu !

## SCÈNE XVI

LES MÊMES, URSULE, PLANTUREL.

URSULE, entrant du fond.

Monsieur Planturel.

BARILLON, tressaillant.

Le maire ? Je n'y suis pas !

MADAME JAMBART.

Non, nous n'y sommes pas ! Nous n'y sommes pas !

Ils remontent tous les deux au fond.

JAMBART.

Hein !

PLANTUREL, entrant du fond.

Comment, vous n'y êtes pas !

* Barillon 1. — Madame Jambart 2. — Jambart 3.

BARILLON et MADAME JAMBART, le repoussant dehors.

Non non !... Allez-vous-en !

PLANTUREL, entrant de force.

Ah ça, vous n'avez pas fini ?

BARILLON.

Hein ! Si ! Oui ! Chut !... Taisez-vous. (Prenant le bras de Jambart.) Allons nous promener ! Allons nous promener *.

PLANTUREL.

Pardon... Il faut que je vous parle à propos du mariage.

BARILLON, le couvrant de sa voix.

Hum ! Oui !... (Riant jaune et très haut.) Ah! ah ! ah!

PLANTUREL.

Le scandale que je voulais éviter a éclaté.

JAMBART.

Quel scandale ?

BARILLON.

Il ne se taira pas !

MADAME JAMBART.

Je défaille.

PLANTUREL.

Je crois donc que le mieux maintenant est de vous pourvoir carrément en cassation.

BARILLON.

Oui, oui, c'est entendu... n'en parlons plus.

PLANTUREL.

Comment, n'en parlons plus !

* Madame Jambart 1. — Planturel 2. — Barillon 3. — Jambart 4.

JAMBART.

En cassation, pourquoi en cassation ?

PLANTUREL, indiquant madame Jambart.

Eh bien, pour le mariage de madame...

JAMBART.

Hein ?

PLANTUREL.

Que j'ai mariée ce matin avec monsieur Barillon.

JAMBART.

Avec Barillon !... (Poussant un rugissement de bête sauvage.) Ah !

MADAME JAMBART et BARILLON, effrayés.

Ah !

PLANTUREL.

Eh bien ! qu'est-ce qui vous prend ?

JAMBART, allant à Planturel qui prend le mannequin et s'en sert comme d'un bouclier.

Vous avez marié Barillon avec ma femme ?.. (Allant à Barillon qui se fourre sous la table.) Vous avez épousé ma femme ?... (Allant à madame Jambart qui essaie de se dissimuler derrière le canapé ) Vous avez épousé Barillon ! Je vous tuerai tous les trois ! (Nouveau rugissement.) Ah !...

TOUS, effrayés.

Ah !

Paraît Ursule tenant le phoque dans ses bras. — Jambart rugissant, le saisit par la queue et s'en sert comme d'une massue dont il frappe à tort et à travers autour de lui, pendant que l'animal hurle : « Papa ! maman ! » — Virginie paraît à droite premier plan, portant une tasse sur une assiette et, effrayée du spectacle qu'elle voit, elle laisse tomber le tout par terre. — Effarement général.

Rideau.

# ACTE TROISIÈME

### A Bois-Colombes

Un salon de campagne (mobilier japonais.) Grande baie vitrée, au fond donnant sur un jardin. — A gauche, premier plan, chambre de Barillon. — A droite, premier plan, celle de Jambart. — Au deuxième plan, à gauche, porte donnant sur les dépendances de la maison. — A droite, deuxième plan, chambre de madame Jambart. — De chaque côté de la baie du fond, une chaise en bambou. — Au fond également, et à gauche de la baie, après la chaise, une grande table en bambou. — A droite de la baie, et après la chaise, une console japonaise. — Entre les deux portes de gauche, ainsi qu'entre les deux portes de droite, meubles japonais surmontés de lampes allumées. — Sur le devant de la scène, de chaque côté, fauteuil en bambou.

## SCÈNE PREMIÈRE

### URSULE, PLANTUREL.

PLANTUREL, entrant du fond, introduit par Ursule.

Alors, ils ne sont pas là ?

URSULE.

Non, monsieur, madame et messieurs ses maris sont sortis.

PLANTUREL.

C'est embêtant ! Et, dites-moi, vous n'avez pas reçu une dépêche pour moi ?

URSULE.

Ici? à Bois-Colombes!

PLANTUREL.

Oui, comme j'avais l'intention en revenant de Mantes de m'arrêter à Bois-Colombes, j'avais dit que l'on me télégraphiât ici.

URSULE.

Il n'est rien arrivé, monsieur.

PLANTUREL.

Diable! alors l'affaire ne sera pas venue aujourd'hui?

URSULE.

Quelle affaire?

PLANTUREL (nº 1).

Eh bien! la cassation du mariage!

URSULE (nº 2).

Je crois que monsieur se trompe, car ici on n'attend la solution que pour jeudi prochain.

PLANTUREL, *s'asseyant sur le fauteuil gauche.*

Dans huit jours. Allons, ça va bien! Mais, dites-moi, quelle diable d'idée avez-vous eue de venir vous enterrer à Bois-Colombes?

URSULE.

Mais, monsieur, je vous prie de croire que je n'y suis pour rien!

PLANTUREL.

Je le pense bien; mais enfin, au milieu d'avril, et par le froid qu'il fait; c'est un fichu goût de venir geler à la campagne.

URSULE.

Dame! Monsieur, nous y avons été forcés, on nous a fait une telle vie à Paris...

PLANTUREL.

Comment ça ?

URSULE.

Après le retour de M. Jambart, n'est-ce pas ? quand il a trouvé sa femme mariée à M. Barillon...

PLANTUREL.

Il a voulu tout tuer...

URSULE.

Oui ! Eh bien, il n'a rien tué du tout ! Seulement, comme ils se trouvaient tous les deux également les maris de madame Jambart, ils ont pris le parti, jusqu'à ce que le second mariage fût cassé, d'attendre tous les trois ensemble.

PLANTUREL.

Tous les trois ensemble ?

URSULE.

Ça vous paraît drôle, hein ?... Ils ont trouvé plus sage et plus commode d'entrer en conciliation.

PLANTUREL.

Alors, c'est un mariage en société ?

URSULE.

Voilà ! Seulement, ils ont posé des conditions.

PLANTUREL.

C'est ça... Ils ont fait des statuts !

URSULE, qui ne comprend pas.

Des statues ? ah ! non, monsieur, ils ne savent pas !

PLANTUREL, passant au 2.

Oui, oui, vous avez raison. (A part.) Faites donc de l'esprit ! des perles aux...

URSULE.

Monsieur ?...

PLANTUREL.

Rien ! Mais tout cela ne m'explique pas votre fuite de Paris !

URSULE.

Et l'opinion publique, monsieur ? Le bruit de ce mariage légitime à trois n'a pas tardé à se répandre dans le quartier. Dès le lendemain, le fruitier, monsieur, m'a dit : C'est dégoûtant !

PLANTUREL.

Comment ! Il a dit ça, le fruitier ?

URSULE.

Oui, monsieur ! et un beau matin, le propriétaire nous a donné congé. Il nous a fait dire qu'il ne louait pas ses appartements à des Orientaux.

PLANTUREL.

Et c'est pour cela que vous avez loué ici, à Bois-Colombes. Y êtes-vous plus tranquilles au moins ?

URSULE.

Ah bien, oui, il y a huit jours que nous y sommes, et l'on nous montre déjà au doigt. Madame et messieurs ses maris ne peuvent plus mettre les pieds dehors sans être suivis par les gamins. On a même fait une chanson sur eux !

PLANTUREL.

Une chanson !

URSULE.

Oui, monsieur.

*Chantant.*

Y a des femmes qui
S' content' d'un mari,
Titin' qui s' fich' pas mal du code,
Trouv' que d'en avoir deux, c'est beaucoup plus commode.
Elle a z'un' jamb' dans un lit
Et l'aut' dans l'aut' lit.
C'est l' coloss' de Rho-o-o-o-ode.

PLANTUREL et URSULE, ensemble.

C'est l' coloss' de Rho-o-o-o-o-ode.

PLANTUREL.

Elle est bien bonne!

URSULE.

Parbleu! c'est la chanson à la mode. Enfin, c'est encore pire qu'à Paris. Aussi j'en ai plein le dos de leur baraque et je vais me chercher une place.

PLANTUREL.

Et, au milieu de tout ça, quelle tête fait madame Jambart entre ses deux maris?

URSULE.

Quelle tête? Eh bien! elle en fait une!.. Pensez donc!... avoir deux maris et ne pouvoir être la femme d'aucun! c'est raide!

PLANTUREL.

Comment?... Jambart n'a pas repris ses droits?

URSULE.

Mais non, monsieur! justement, c'est dans les conditions! Vous comprenez, elle est aussi bien la femme de l'un que de l'autre. (Mettant ses poings sur les hanches.) Eh bien! si elle devient la femme de l'un... qu'est-ce que devient l'autre!... Ah?

PLANTUREL, l'imitant.

Eh bien, il le devient... Ah!...

URSULE.

Voilà!... Monsieur a le mot pour rire...

PLANTUREL.

Avec tout ça, ils ne rentrent pas. Où sont-ils donc?

URSULE.

Au théâtre de Bois-Colombes. Il y a une troupe de

passage et le directeur a envoyé une avant-scène à madame. C'est le premier homme aimable que nous ayons rencontré.

PLANTUREL.

Ça va finir tard?

URSULE.

Oh! attendez les cinq minutes. (Bruit de cloche.) Tenez! c'est peut-être eux. Je cours leur ouvrir!

Elle sort.

PLANTUREL.

Oui. Allez. (Remontant et regardant au fond.) Non! ça n'est pas eux, c'est un homme!

## SCÈNE II

PLANTUREL (3), URSULE (2), BRIGOT (1).

URSULE, introduisant Brigot.

Non, monsieur. Ils ne sont pas là!

BRIGOT.

Diable! diable!... Et moi qui arrive de Troyes pour les voir!

URSULE.

Mais, ils ne vont pas tarder! (Indiquant Planturel.) Voilà Monsieur qui les attend aussi.

BRIGOT.

Tiens! M. le Maire!

URSULE.

Ah! ils se connaissent! Eh bien, je les laisse!

Elle sort à gauche, deuxième plan.

BRIGOT.

Bonjour, monsieur.

PLANTUREL, saluant Brigot.

Monsieur ! (A part.) Qu'est-ce que c'est que celui-là ?

BRIGOT.

Et vous allez bien depuis que je ne vous ai vu ?

PLANTUREL.

Parfaitement ! Parfaitement ! (A part.) Qui diable ça peut-il être ?

BRIGOT.

Vous ne me reconnaissez pas ?

PLANTUREL, tout en s'asseyant.

Si, si... (A part.) Voyons, mon tailleur ? Non... mon épicier ? Non.

BRIGOT.

Vous savez bien, vous vous êtes adressé à moi quand vous cherchiez des bottes.

PLANTUREL, à part.

Ah ! c'est mon cordonnier. (Haut.) Ah ! Je vous demande pardon, je ne vous remettais pas.. Eh bien, je ne suis pas fâché de vous voir, vous !

BRIGOT.

Trop aimable.

PLANTUREL.

Ma dernière paire de bottines me va très mal.

BRIGOT.

Ah !

PLANTUREL.

D'abord, je les voulais en veau, elles sont en chevreau.

BRIGOT.

Ah! ben, mon Dieu! (A part.) Qu'est-ce que ça peut me fiche?

PLANTUREL, debout, faisant tâter son coup-de-pied.

Et puis tenez, tâtez le cou-de-pied.

BRIGOT.

Mais non, je vous remercie.

PLANTUREL.

Si, pour vous rendre compte.

BRIGOT.

Il est absolument toqué ce maire-là. Enfin si ça peut lui faire plaisir... (Tâtant la bottine de Planturel.) Oui, en effet. Eh bien, moi, tenez, les miennes, c'est l'empeigne qui me gêne.

PLANTUREL, remontant.

Ça les vôtres, je m'en fiche!

BRIGOT, passant au n° 2.

Il est superbe! Je me fiche encore plus des siennes.

PLANTUREL.

Enfin, vous verrez, ma bonne ira vous porter mes bottines demain.

BRIGOT.

Ses bottines, mais qu'est-ce qu'il veut que j'en fasse!

Entrée d'Ursule.

PLANTUREL.

Allons, au revoir, mon garçon!

BRIGOT, scandalisé.

Mon garçon...

URSULE, à Planturel.

Vous vous en allez, monsieur?

PLANTUREL.

Oui, je vais les rejoindre au théâtre.

Il sort.

## SCÈNE III

### BRIGOT, URSULE.

BRIGOT, *à Ursule.*

Avance ici, toi. Dis-moi! ils vont bien les nouveaux époux?

URSULE (1).

Les nouveaux époux?

BRIGOT (2).

Oui, voilà trois semaines qu'ils sont mariés et que je n'ai pas de leurs nouvelles.

URSULE.

Des nouvelles de qui?

BRIGOT.

Eh bien, de mon neveu et de sa jolie petite femme.

URSULE.

Oh! jolie petite femme!

BRIGOT.

Quoi! Qu'est-ce que vous avez à la débiner, vous! Vous ne trouvez peut-être pas Virginie jolie?

URSULE.

Oh! elle! si!

BRIGOT.

Eh bien, alors?... Et avec la mère de Virginie, comment s'entend-il?

URSULE.

Qui?

BRIGOT.

Eh! bien, mon neveu, Barillon! Est-ce qu'il fait bon ménage avec la mère?

URSULE.

Ah! Monsieur sait.. Ça va cahin-caha!

BRIGOT.

Parbleu! c'est toujours comme ça. C'est toujours par les mères que ça pèche.

URSULE.

Enfin, pour donner à Monsieur une idée de l'état des choses,... ils font chambre à part.

BRIGOT.

Qui?

URSULE.

M. Barillon.

BRIGOT.

Avec Virginie?

URSULE, choquée.

Oh! non, monsieur! avec sa mère!

BRIGOT.

Comment avec sa mère!... Eh bien! Il ne manquerait plus que ça!

URSULE.

Ah bien, je trouve qu'elle est bien bonne de tolérer un pareil manque d'égards.

BRIGOT, passant au n° 1.

Mais elle est épouvantable cette fille. Dis-moi, ma chambre est-elle prête?

URSULE.

Pas encore, monsieur.

BRIGOT, remontant.

Eh bien! qu'est-ce que tu attends? Je tombe de fatigue. J'arrive de Troyes, moi, si je n'en ai pas l'air.

URSULE.

Oh! si, monsieur, vous en avez bien l'air!

BRIGOT.

Qu'est-ce que tu dis?

URSULE.

Rien, monsieur. Je vais préparer votre chambre. Si, en attendant vous voulez aller vous étendre par là, il y a une chaise longue.

Elle indique la droite, premier plan.

## SCÈNE IV

URSULE puis PATRICE.

URSULE, parlant à Brigot qui est hors de vue.

Dites donc, monsieur, voulez-vous votre oreiller en plume ou en crin?

VOIX DE BRIGOT.

En varech!

URSULE, à part.

Je n'ai pas de varech!... Ah! je lui fourrerai des copeaux.

Elle va pour sortir, quand Patrice paraît au fond.

PATRICE.

Eh!... Psit!

URSULE.

Vous, monsieur Patrice!

PATRICE.

Oui, je les ai vus sortir, alors, je viens.

URSULE.

Comment, vous êtes venu à Bois-Colombes?

PATRICE.

Oui. Mademoiselle Virginie n'est pas là?

URSULE.

Si, mais elle a la migraine. Alors, elle s'est couchée.

PATRICE.

Bien. Alors conduisez-moi vers elle.

URSULE.

Mais, monsieur, c'est impossible!

PATRICE.

J'aurais pourtant bien voulu la voir, parce que si je suis venu, c'est pour faire une dernière tentative.

URSULE.

Ah! bien! M. Barillon qui a bien recommandé que si vous vous présentiez jamais, on vous jetât par la fenêtre.

PATRICE.

Il a dit ça! Ah bien! s'il croit me faire peur... Il verra s'il me fait reculer!

A ce moment on entend une rumeur confuse et des coups de cloche désespérés dans le jardin.

PATRICE.

Hein! qu'est-ce que c'est que ça?

URSULE.

Ça, ce sont les patrons qui rentrent! Je cours leur ouvrir!

PATRICE.

Eux ! Où me cacher ? Ah ! ma foi, là !

*Patrice se précipite à gauche, premier plan. La scène reste vide un instant, on entend la foule au dehors, chanter en chœur « C'est l'coloss' de Rhodes ! »*

## SCÈNE V

### URSULE, BARILLON, JAMBART, MADAME JAMBART.

*Tous trois affolés arrivent successivement par le fond, les chapeaux défoncés, les vêtements en désordre et viennent s'accoter les uns contre les autres au milieu de la scène, formant tableau.*

BARILLON *à* URSULE.

Ursule ! fermez la grille.

JAMBART (4).

Barricadez partout.

URSULE (1) *au fond.*

J'y vais ! (*A part.*) Mais qu'est-ce qu'ils ont ?

*Elle sort.*

MADAME JAMBART (3).

Ah ! la la la ! quelle affaire, mon Dieu !

BARILLON (2).

Ah ! c'est intolérable !

JAMBART.

C'est encore pis à Bois-Colombes qu'à Paris.

BARILLON.

Regardez-moi dans quel état nous sommes !

MADAME JAMBART, qui est remontée au fond retirer son chapeau.

J'ai vu le moment où la foule nous écharpait.

BARILLON.

Et des pommes! Nous en ont-ils assez lancé des pommes! Quand on en demande chez le fruitier il n'y en a pas, et ils en trouvent bien eux pour nous lapider.

JAMBART.

Aussi, c'est votre faute! Si vous n'aviez pas accepté cette loge pour ce théâtre que le diable emporte...

BARILLON.

Ah! voilà que c'est moi qui l'ai acceptée!... C'est vous qui avez dit: Allons-y.

JAMBART.

J'ai dit: Allons-y, parce, que vous avez dit que vous vouliez y aller. C'était une attention.

BARILLON.

Elle est jolie l'attention! Quelle soirée, mon Dieu!

MADAME JAMBART, redescendant au 2.

Mais j'espère bien, monsieur Barillon, que vous irez tirer les oreilles à ce directeur. Se permettre de mettre sur les affiches: La Bigame de Bois-Colombes assistera à la représentation.

BARILLON (1).

Certainement, il faudra aller lui tirer les oreilles... Jambart ira.

JAMBART (3).

Nous irons tous les deux! Nous en tirerons chacun une.

MADAME JAMBART.

Le bigame de Bois-Colombes! Si j'avais su ça, nous ne serions pas allés là-bas!

BARILLON.

Et nous n'y aurions pas perdu !... Nous en a-t-il fait une réception, le public, quand nous sommes entrés dans l'avant-scène! « A la porte! au vestiaire! sortira, sortira pas ! » Et les petits bancs ! Et les oranges !

JAMBART.

Des oranges moisies !

BARILLON.

Mais il n'y a donc pas de police ici !

JAMBART.

Pas de police ! Mais celui qui m'a jeté le plus de pommes, c'est un gendarme.

MADAME JAMBART.

Et cette chanson qu'on a faite sur nous !

JAMBART.

Les gamins nous en ont cassé les oreilles.

BARILLON.

Ah ! oui. Elle est flatteuse pour Frédégonde !

URSULE, qui est entrée de gauche, deuxième plan, et est en train de mettre une nappe à thé, sur la table du fond, — chantonnant sans s'en apercevoir.

C'est l'coloss' de Rho-o-o-o-o-ode.

BARILLON, JAMBART, MADAME JAMBART, emportés par l'habitude.

C'est l'coloss' de Rho-o-o-o-o-ode.

MADAME JAMBART.

Allons, bon, voilà que nous la chantons nous-mêmes... Aussi, c'est de votre faute. Qu'est-ce que vous faites là ? Allez donc voir à la cuisine si j'y suis.

URSULE.

Puis-je servir le chocolat, madame ?

Elle sort à gauche, deuxième plan.

JAMBART.

Certainement, j'en prendrai avec plaisir, ces émotions m'ont creusé.

BARILLON.

Et moi donc ! Oh! la la ! quelle existence !

JAMBART.

Heureusement qu'il n'y en a plus que pour huit jours.

MADAME JAMBART.

Allons! patience! (Voyant entrer Ursule avec son plateau servi.) Voici le chocolat. (A Barillon et à Jambart.) Portez la table!

JAMBART, sans bouger, à Barillon.

La table!

BARILLON, à Jambart, lui faisant également signe d'aller chercher la table.

Eh! bien, la table! On vous dit d'aller chercher la table.

JAMBART.

Allez-y donc vous-même.

BARILLON.

Pourquoi moi plutôt que vous?

JAMBART.

Eh bien! tenez, allons-y tous les deux.

Ils portent la table entre les deux fauteuils qui sont à l'avant-scène.

MADAME JAMBART, qui est allée chercher pour elle, une chaise au fond et redescend avec. — A Ursule.

Posez votre plateau.

URSULE.

Voilà, madame. (Elle pose son plateau, puis va chercher au fond l'autre chaise qu'elle porte jusqu'à la table. — On s'installe. — Les deux hommes sont aux deux extrémités de la table, Jambart à droite, Barillon à gauche, profil au public. — Madame Jambart est face au public à côté de Jambart; il reste une place libre à côté d'elle pour Virginie.) Maintenant, j'ai le regret de dire à madame que je serai obligée de quitter le service de madame.

TOUS.

Comment ?

MADAME JAMBART.

Vous n'êtes donc pas bien ici?

URSULE (1).

Ce n'est pas que je sois mal, mais madame comprend... Je veux me marier un jour ou l'autre, et j'ai le souci de ma réputation.

MADAME JAMBART, tout en préparant le thé.

Eh bien?

URSULE.

Eh bien! plusieurs personnes de ma famille m'ont fait remarquer qu'en restant dans une maison où il y a trois maitres mariés ensemble... Madame comprend...

MADAME JAMBART.

Ah! je vous trouve superbe! Vous à qui j'ai connu deux liaisons à la fois.

URSULE.

C'est possible, madame, mais les miennes étaient illégitimes.

BARILLON.

Ah! c'est admirable!

MADAME JAMBART.

C'est bien! nous acceptons vos huit jours... Allez prévenir mademoiselle que nous sommes rentrés.

URSULE, sortant par la gauche.

Bien, madame.

MADAME JAMBART, après la sortie de la bonne.

Jusqu'aux domestiques qui nous tournent le dos!

JAMBART.

Allons! où est-il ce chocolat?

BARILLON.

Eh! bien il est là! il vous crève les yeux.

Jambart prend la chocolatière.

VIRGINIE, entrant de gauche, deuxième plan.

Bonsoir, maman! (Elle l'embrasse.) Vous avez passé une bonne soirée?

BARILLON.

Ah! oui, parlons-en!

VIRGINIE, allant à Jambart, lui tendant sa joue.

Bonsoir, mon ami!

Jambart l'embrasse sans rien dire. Elle va à Barillon et lui tend la même joue qu'a embrassée Jambart.

BARILLON, qui va pour l'embrasser, se ravisant.

Non! c'est la joue à Jambart!

Il embrasse Virginie sur l'autre joue.

MADAME JAMBART, à Virginie qui est allée s'asseoir à côté d'elle.

Prends-tu du thé ou du chocolat, fillette?

VIRGINIE.

Comme toi, maman, du thé!

Elles se servent du thé. Jambart qui a conservé la chocolatière jusque-là histoire de faire droguer Barillon qui attend la tasse à la main et avec des signes d'impatience qu'il ait fini de se servir,) prend tout son temps, verse le chocolat bien lentement dans sa tasse en s'arrêtant de temps à autre, pour le humer.— Barillon se croise les bras avec impatience.

BARILLON.

Eh bien, quand vous aurez fini de renifler dans le chocolat...

JAMBART, levant la tête et sans se déconcerter.

Quoi, quand j'aurai fini? Nous ne sommes pas à la course ici! Il faut que vous vous jetiez sur la nourriture!

BARILLON.

C'est bien, dépêchez-vous !

Voyant que Jambart n'en finit pas, il coupe son pain en deux et se met à le beurrer.

JAMBART, pose la chocolatière sans bruit, prend un morceau de pain et le coupe en deux pour le beurrer. Tout en coupant le pain.

Eh bien, je croyais que vous vouliez le chocolat... Maintenant qu'il est libre depuis une heure, vous ne le prenez pas. Tout ça c'était pour me faire enrager! hé!

MADAME JAMBART.

Voyons! Voyons!

BARILLON, à madame Jambart.

Mais, Frédégonde, je beurre mon pain, je ne peux pas faire plusieurs choses à la fois.

JAMBART, qui a fini de couper son pain, avance son couteau pour prendre une coquille de beurre dans le beurrier. Même jeu de Barillon. Successivement ils piquent leurs couteaux dans les mêmes coquilles.

Eh bien, quoi! décidez-vous! Quelle coquille prenez-vous? Vous êtes là à piquer dans toutes les coquilles.

BARILLON.

Mais sacrebleu! c'est vous qui me prenez chaque fois la coquille que je pique.

JAMBART.

Eh bien! choisissez! là! vous ne direz pas que j'ai mauvais caractère, que je n'y mets pas du mien! (Entre ses dents.) Plus difficile qu'une femme!

BARILLON, repoussant avec colère le beurrier de son couteau.

Tenez! prenez donc tout.

MADAME JAMBART.

Oh! ces repas! ces repas! et on dit que les ménages à trois sont heureux!

JAMBART, qui a goûté à son chocolat, faisant la grimace.

Pouah! ce chocolat est détestable!

Il reverse le contenu de sa tasse dans la chocolatière.

BARILLON, qui s'est levé et a suivi le mouvement avec ahurissement.

En voilà des manières!

JAMBART.

Vous ne vous êtes pas servi?

BARILLON, montrant sa tasse qui est vide.

Vous le voyez bien!... Est-ce que ça se fait de remettre son chocolat quand on a bu!

JAMBART.

Eh bien! je n'ai pas la lèpre!

BARILLON.

Je ne sais pas qui vous a élevé, ma parole d'honneur!

JAMBART.

Alors! vous ne voulez pas de ce chocolat?

BARILLON.

Non, je boirai du thé.

MADAME JAMBART.

Tenez! voilà du thé.

VIRGINIE, le servant.

Il est très bon!

MADAME JAMBART.

Le marchand me l'a recommandé! Il m'a dit : il sent le désert!

Barillon boit.

JAMBART.

C'est-à-dire qu'il sent le vieux chameau!

BARILLON.

Pouah! (Il rejette avec dégoût sa tasse sur la table.) Je vous en prie, si vous n'en voulez pas, n'en dégoûtez pas les autres.

MADAME JAMBART, impérieusement.

Allons, voyons! Ces repas deviennent insupportables! Parlons d'autre chose.

VIRGINIE, cherchant un sujet de conversation.

Oui, là... Avez-vous bien dormi la nuit dernière?

BARILLON.

Qui?

MADAME JAMBART.

Tous les deux.

JAMBART.

Nous n'avons pas l'habitude de dormir tous les deux!

MADAME JAMBART.

Je sais bien, mais je vous demande à tous les deux si vous avez bien dormi.

JAMBART.

Comme un loir!

BARILLON.

Ah! bien, vous avez de la veine, je n'ai pas fermé l'œil, moi! J'ai été réveillé toute la nuit par des hurlements d'animaux.

JAMBART, très tranquille.

Ah! je sais!... je sais ce que c'est... c'est mon phoque!

BARILLON.

Ah! c'est votre phoque? Eh bien, une autre fois vous le ferez coucher dans votre chambre. Il a passé la nuit à dire papa et maman.

JAMBART.

Eh bien, quoi? vous ne pouvez pourtant pas lui demander de faire des conférences.

BARILLON.

Ah! non! Je ne lui demande pas! je demande qu'il se taise!

JAMBART.

Egoïste!

Ils se lèvent.

MADAME JAMBART, à Ursule qui entre.

Desservez!

URSULE.

Bien, madame.

Elle sort en emportant le plateau après l'avoir enveloppé dans la nappe.

BARILLON (1), se levant.

C'est ça! je n'ai rien mangé moi!

Il tire une cigarette de son porte-cigarette et se dispose à l'allumer, pendant que madame Jambart et Virginie vont reporter leurs chaises au fond.

MADAME JAMBART, aux deux hommes.

Remettez la table!

Les deux hommes se regardent.

JAMBART, à Barillon, lui faisant signe de reporter la table.

La table!

BARILLON, à Jambart, même jeu.

Remettez la table, on vous dit.

JAMBART.

Pourquoi moi plutôt que vous?

MADAME JAMBART, à Jambart.

Allons, Emile, soyez le plus raisonnable.

JAMBART.

Eh bien! portons-la tous les deux!

Ils prennent la table chacun par une extrémité. — Au bout de deux pas, Barillon lâche l'extrémité qu'il tient.

BARILLON.

C'est moi qui fais tout ici.

JAMBART.

Eh! bien?

BARILLON.

Eh! bien, portez aussi un peu à votre tour.

Jambart reporte la table au fond pendant que Barillon allume sa cigarette.

MADAME JAMBART.

Toi, fillette, viens m'aider à me déshabiller.

Elles sortent par la droite, deuxième plan.

## SCÈNE VI

BARILLON, JAMBART.

Jambart ayant remarqué que Barillon fume une cigarette, renifle avec affectation. — Barillon, voyant son jeu fait exprès de lui envoyer la fumée dans le nez.

JAMBART, toussant.

Hum!... hum!

BARILLON (1).

Qu'est-ce que vous avez? Vous êtes enrhumé?

JAMBART, tirant une pipe « brûle-gueule » de sa poche et la mettant à la bouche.

Non, c'est l'odeur de votre tabac d'Orient qui me tourne sur le cœur.

Il tire une blague à tabac de son autre poche et bourre sa pipe.

BARILLON.

Eh bien alors, pourquoi fumez-vous la pipe?

JAMBART.

C'est pour faire passer l'odeur.

BARILLON.

Je croyais que vous n'aimiez pas la fumée?

JAMBART, bourrant sa pipe.

J'aime la fumée de ma pipe! Au moins, c'est du tabac français, du tabac patriotique.

BARILLON, assis dans le fauteuil gauche.

Oh! là là!

JAMBART, remontant au fond.

Oui, monsieur, je n'enrichis pas les Turcs, moi!

BARILLON.

Oh! ça, c'est une trouvaille! Regardez-moi, je vous en prie! Est-ce que j'ai l'air d'un homme qui enrichit les Turcs?

JAMBART.

Parlez-moi d'une bonne pipe, au grand air!

Il ouvre la porte de la baie vitrée et allume sa pipe dehors.

BARILLON, sentant le froid.

Eh! là-bas! eh! je vous en prie! L'air n'est pas si chaud ce soir!

JAMBART, tout en allumant.

Laissez donc! Nous autres marins, nous aimons à respirer l'air de la mer! Voilà ce qui vous donnerait des poumons, au lieu de vous en faire en coton, comme une mouche!

BARILLON, haussant les épaules.

Coton! Comme une mouche! Quelle comparaison!

JAMBART.

Respirer à pleine poitrine un bon air vivifiant, les bonnes odeurs de la mer!

BARILLON, se levant et allant lui-même fermer la porte.

Oui! Mais c'est que près de Paris, les odeurs ne sentent pas la mer.

JAMBART, se dirigeant vers la droite, premier plan.

Allons! vous allez nous faire crever dans le renfermé, j'aime mieux me retirer! Vous voyez! c'est moi qui cède, comme toujours!

BARILLON.

Ourson, va!

JAMBART.

Allons, bonsoir, je vais me coucher!

BARILLON.

C'est ça! allez vous coucher... (Entre ses dents.) Allez coucher.

JAMBART.

Quand j'ai mangé, il faut que je dorme!

Il rentre chez lui.

BARILLON.

Et quand il a dormi, il faut qu'il mange! Quelle

existence ! (Il hume l'air.) Ouff !!... Comme ça sent ici ! Il a empesté l'appartement avec sa pipe !

Il rouvre la porte-fenêtre du fond.

## SCÈNE VII

BARILLON, MADAME JAMBART, VIRGINIE, puis JAMBART, puis URSULE, puis BRIGOT.

MADAME JAMBART, entrant de droite deuxième plan ; elle est en robe de chambre.

Eh bien, qu'est-ce que vous faites ?

BARILLON (1).

Eh bien, j'ouvre !... C'est Emile qui a tout infecté !

MADAME JAMBART (2).

Voyons, pourquoi lui cherchez-vous toujours dispute ?

VIRGINIE (3).

Il finira par le prendre mal !

BARILLON.

Lui ! Allons donc ! C'est un capon qui recule ! Il devait me tuer, est-ce qu'il l'a fait ? Eh bien ! moi, quand un homme recule, il ne me fait pas peur !

VOIX DE JAMBART, dans sa chambre.

Hein ? Qu'est-ce que c'est que ça ?

BARILLON, JAMBART, VIRGINIE.

Qu'est-ce qu'il y a ?

Ursule entre de gauche, deuxième plan.

JAMBART, se précipitant en scène éperdu et gagnant l'extrême gauche.

Un homme !... Il y a un homme dans mon lit !

MADAME JAMBART.

Un homme !

URSULE.

Ah ! c'est vrai... j'ai oublié de dire à madame... c'est M. Brigot.

VIRGINIE.

L'oncle Brigot.

MADAME JAMBART.

Il est venu nous voir?

BRIGOT, *sortant de droite, premier plan, il est en caleçon et manches de chemise.*

Ah ça ! Qu'est-ce que cet intrus qui vient me réveiller ? (*A Barillon.*) Ah ! te voilà ! Ça va bien ?

BARILLON.

Pas mal, je vous remercie. Mais en voilà une tenue !

MADAME JAMBART et VIRGINIE.

Ah ! oui !

BRIGOT.

Oh ! je vous demande pardon, j'ai été réveillé en sursaut ! Mesdames, messieurs, je vais me rhabiller.

MADAME JAMBART.

Ursule, conduisez monsieur au premier, dans la chambre bleue.

BARILLON.

C'est ça, allez vous habiller.

*Brigot sort avec Ursule par la porte de gauche, deuxième plan.*

Jambart 1, extrême gauche. — Ursule 2, au fond près de la porte deuxième plan. — Barillon 3. — Brigot 4. — Madame Jambart 5. — Virginie 6.

## SCÈNE VIII

BARILLON, JAMBART, MADAME JAMBART, VIRGINIE, puis PATRICE, puis BRIGOT.

BARILLON, railleur à Jambart.

Et voilà l'homme qui vous a fait peur! Brigot!

JAMBART.

Eh bien, quoi! Qu'est-ce que c'est que ça, Brigot?

BARILLON.

Ça, c'est mon oncle!

JAMBART.

Ah! bien, qu'est-ce que vous voulez? On n'est pas forcé de savoir! Quand on dit Victor Hugo, on sait ce que c'est, mais Brigot!

BARILLON.

Et voilà! parce qu'il y a un homme dans votre chambre, vous avez peur!... J'en trouverais dix, moi, dans la mienne! Dix! je ne bougerais pas. (En voyant avec fanfaronnade un coup de poing dans la porte de sa chambre.) Tenez! vous me faites pitié!

Il entre à gauche, premier plan.

JAMBART, haussant plusieurs fois les épaules.

Tenez, regardez! regardez!... (Entre ses dents.) Fanfaron!

Il remonte au fond.

BARILLON, sortant précipitamment et gagnant le milieu de la scène (n° 2).

Ah! mon Dieu! Il y a un homme dans ma chambre!

MADAME JAMBART et VIRGINIE, reculant à droite.

Dans votre chambre?

BARILLON, effaré.

Oui! Je ne sais pas qui!

JAMBART, (1) marchant sur Barillon.

Eh bien! eh bien! je croyais que si vous trouviez dix hommes dans votre chambre, vous n'auriez pas peur?

BARILLON, avec aplomb.

Dix, non! mais un! (Suppliant.) Venez avec moi, Jambart!

JAMBART, peu rassuré.

Eh! bien... allons!

BARILLON, le suivant.

Oui. (Revenant à madame Jambart.) Il a au moins six pieds.

JAMBART.

Il a six pieds!... (A Barillon.) Venez!... hein, vous venez!... allons! (Entre ses dents.) Capon, va!

Ils gagnent tous les deux la porte de gauche, premier plan, et se collent au mur chacun de son côté.

BARILLON, appelant dans la chambre.

Sortez, monsieur.

Patrice sort.

MADAME JAMBART (4).

Patrice!

BARILLON (2).

Vous!

JAMBART (1).

Qu'est-ce que c'est que celui-là?

PATRICE, (3) indiquant Virginie (4).

Monsieur, j'ai l'honneur de vous demander la main de mademoiselle Virginie, votre belle-fille.

BARILLON.

Encore ! Vous avez de l'aplomb ! Jamais, monsieur, vous entendez ! (Passant au 3.) Sortez, Virginie !

VIRGINIE, sortant par la droite, deuxième plan.

Oh !

BRIGOT, arrivant de gauche, deuxième plan ; il est en robe de chambre et en bonnet de coton.

Ah çà !... Qu'est-ce que c'est que ce potin ?

Il descend au 3, entre Patrice et Barillon.

BARILLON.

C'est monsieur qui a l'audace de poursuivre Virginie jusqu'ici.

BRIGOT, reconnaissant Patrice.

Lui ! (A Barillon.) Je te l'avais bien dit qu'il te ferait cornard.

PATRICE.

Lui, cornard ? Est-ce que c'est sa femme, puisqu'il est avec la mère !

BRIGOT.

Hein ! Avec la mère ! Tu es avec la mère !

JAMBART.

Mais oui, en attendant !

BRIGOT.

Il est l'amant de sa belle-mère ! C'est révoltant !

BARILLON.

Quelle belle-mère ? Ma belle-mère ? Elle est morte !

Il passe au n° 5.

BRIGOT (3).

Ta belle-mère ?

MADAME JAMBART (4) à Brigot.

J'ai perdu ma mère.

Elle remonte au fond.

BRIGOT.

Ils deviennent fous !

JAMBART (1).

Et comment vous appelez-vous, jeune homme ?

PATRICE.

Patrice Surcouf !

JAMBART.

Surcouf, dites-vous? Est-ce que vous descendez du grand marin ?

PATRICE.

Tout droit !

BARILLON.

Oh ! en zig-zag !

JAMBART.

Ça suffit ! Virginie est à vous ! Je vous la donne !

PATRICE.

Ah ! monsieur !

BARILLON.

Et moi, je la refuse ! Ah ! c'est trop fort ! De quel droit vous mêlez-vous ?... (A Brigot.) De quel droit se mêle-t-il ?...

BRIGOT.

C'est ce que je me demande. Au fait, qui est-ce ?

BARILLON.

Mais rien !... C'est le mari de ma femme !

BRIGOT.

Le mari de Virginie ?

BARILLON.

Mais non ! de madame Jambart.

BRIGOT.

Alors, c'est ton beau-père.

BARILLON, exaspéré.

Mais non, puisque c'est ma femme. Ah! Et puis, zut!

BRIGOT.

Ah! oui! zut! j'y renonce!

Il sort en désespoir de cause, par la porte de gauche deuxième plan.

BARILLON, revenant à Patrice.

Jamais de la vie, vous m'entendez! Jamais je ne consentirai.

PATRICE, entre Barillon et Jambart.

Mais, monsieur...

JAMBART.

Dès demain, monsieur, venez dès demain! (A Patrice.) Allez, et comptez sur moi.

PATRICE.

Je pars, le cœur content!

BARILLON, il gagne la gauche.

Partez, mais ne revenez pas!

PATRICE, sur le seuil.

Ah! je suis bien heureux!

Tout le monde, à l'exception de Barillon, l'accompagne pour lui serrer la main. Il sort.

JAMBART, redescendant.

Eh bien, Barillon, voilà comment on fait un mariage! Voyez donc, quelle alliance! Jambart avec Surcouf! (Sentencieusement.) Eux qui n'avaient jamais pu vivre ensemble!

MADAME JAMBART.

Ah! Pourquoi?

JAMBART.

Parce qu'ils n'étaient pas de la même époque!

BARILLON.

Ah! voilà ce dont je me fiche, par exemple! Je suis le beau-père, et je refuse mon consentement.

JAMBART.

Et moi aussi, je suis le beau-père! Et depuis plus longtemps que vous!

MADAME JAMBART.

Ça, c'est vrai!

BARILLON.

Possible! Mais tant que je serai le beau-père de Virginie, elle n'en épousera pas d'autre que moi!

JAMBART, s'échauffant.

C'est ce que nous verrons!

BARILLON, même jeu.

Oui, nous verrons!

## SCÈNE IX

LES MÊMES, PLANTUREL, URSULE.

URSULE.

Monsieur Planturel!

TOUS.

Vous?

PLANTUREL.

Oui, moi, qui viens vous apporter une bonne nouvelle.

TOUS.

Quelle nouvelle?

PLANTUREL.

Le tribunal a statué! Voici la dépêche qui me l'annonce.

Ils se précipitent tous les trois sur la dépêche.

JAMBART, lisant la dépêche.

Voyons... « Mariage cassé... Arrêt suit. »

Il remonte en levant les bras au ciel et redescend au numéro 1.

BARILLON, allant au 3. — A Planturel.

Est-il possible? (A Jambart.) Ah! Frédégonde! (Lui tendant les bras pour l'embrasser, puis se ravisant; — à Jambart.) Vous permettez?

JAMBART.

Mais je crois bien. Et vous aussi!

Barillon et Jambart embrassent en même temps madame Jambart, face au public, chacun sur une joue; formant tableau.

PLANTUREL, à part.

Ils sont touchants! (Haut.) J'ai couru au théâtre pour vous retrouver.

MADAME JAMBART.

Et nous en étions sortis.

PLANTUREL *.

Oui, c'est ce qu'on m'a dit. On venait de vous sortir.

BARILLON.

Mais alors... ce bon Jambart, il rentre dans ses droits. (A Jambart.) Hein? Qui est-ce qui va être content, ce soir?

JAMBART.

Eh! eh! je crois que c'est nous... (A madame Jambart,

* Jambart 1. — Madame Jambart 2. — Barillon 3. — Planturel 4.

lui prenant la tête des deux mains et l'embrassant à pleine bouche.) Ah! bébé, va!

BARILLON.

Sont-ils gentils! Allons, Planturel! Vous êtes maire. Nous allons procéder à leur union.

JAMBART.

Frédégonde... à l'autel.

BARILLON.

Oh! nous allons vous faire un cortège digne de vous. (Appelant.) Ursule! Brigot! Il faut des lumières, de la pompe!

BRIGOT, venant de gauche.

Encore! J'allais m'endormir!

URSULE, entrant de droite, deuxième plan.

Monsieur!

BARILLON.

Apportez la pompe!

URSULE.

Il y a le feu?

BARILLON.

Euh! non! Des flambeaux, des lumières.

Ursule rentre à droite, deuxième plan.

BRIGOT.*

Pourquoi faire?

BARILLON.

Pour célébrer l'union de madame Jambart avec M. Jambart, son légitime époux.

URSULE, revenant avec des flambeaux allumés.

Le mariage est cassé? Alors je reprends mes huit jours!

* Jambart 1. — Madame Jambart 2. — Brigot 3. — Barillon 4. — Planturel 5.

BARILLON.

Escortons-les jusqu'au lit nuptial !

BRIGOT.

Les escorter ? Comment ? Toi ! le mari !

BARILLON.

Eh ! le mari, c'est lui ! Moi, je suis garçon.

BRIGOT.

Garçon ! allons, bon ! Il est garçon, maintenant !

Ursule remet un flambeau à Barillon, à Planturel et à Brigot qui forment la haie au fond, tandis que Jambart et madame Jambart sont à l'extrême gauche.

BARILLON.

Allons, Jambart ! Et nous chantons en chœur.

TOUS, chantant.

AIR *de Zampa.*

Dans cet hymen
Que de magnificence!... etc.

Pendant ce chœur, Jambart a pris la main de madame Jambart et ils avancent à pas lents — Quand ils sont arrivés à la hauteur de Barillon, celui-ci se met en marche et les précède dans la chambre, Planturel et Brigot suivent le couple toujours en chantant.

TOUS, criant, de la chambre.

Vivent les mariés !

Sonnerie de cloche.

URSULE, au moment où fermant la marche du cortège elle va entrer aussi dans la chambre.

On sonne à cette heure-ci ! Qui diable ça peut être ?

Elle sort par le fond.

TOUS, ressortant.

Allons, bonsoir.

JAMBART, paraissant au seuil de la porte.

Dites donc ! ne nous faites pas de farces comme à des nouveaux époux.

BARILLON.

Soyez tranquille !

JAMBART.

Allons, bonne nuit.

*Il ferme sa porte et on entend le bruit de la clé dans la serrure.*

BARILLON, *criant à la porte.*

Rendez-la heureuse.

VOIX DE JAMBART.

Oui !

BARILLON.

Et maintenant, reprise du chœur.

Dans cet hymen
Que de magnificence !...

*Ils traversent la scène. Brigot sort le premier par la gauche, premier plan. Les autres sont arrêtés par la voix d'Ursule.*

URSULE (3).

Monsieur ! monsieur !

BARILLON (2).

Qu'est-ce qu'il y a ?

URSULE.

C'est un homme qui apporte un papier, il dit que c'est pressé.

*Elle sort.*

BARILLON, *avec joie.*

Ah ! c'est l'arrêt ! l'arrêt qui me rend la liberté.

PLANTUREL (1).

Je vous l'avais bien dit : Mariage cassé, arrêt suit.

BARILLON (2).

Ah ! le bon arrêt ! l'excellent arrêt ! Je le ferai encadrer. (*Il l'ouvre.*) C'est bien cela ! « Le Tribunal, etc., etc. Attendu que... demande en nullité de mariage, etc. etc. Par ces motifs, déclare nul et de nul effet le mariage contracté entre Frédégonde, femme Barillon, et... Ah !

PLANTUREL.

Quoi donc ?

BARILLON, voix étranglée.

Lisez ! lisez !

PLANTUREL, lisant.

Entre Frédégonde Barillon et le sieur Emile Jambart. (Parlé.) C'est le mariage Jambart qu'ils ont cassé !

BARILLON.

Alors c'est moi qui suis le mari ! Ah ! mon Dieu ! Et moi qui tout à l'heure... (Il bondit et court suivi de Planturel à la porte de droite, deuxième plan.) Ouvrez ! ouvrez !

VOIX DE JAMBART.

Fichez-moi la paix !

PLANTUREL.

Au nom de la loi, ouvrez !

VOIX DE JAMBART.

Tout à l'heure !

BARILLON.

Non, pas tout à l'heure, tout de suite.

VOIX DE JAMBART.

Zut !

BARILLON, hurlant ainsi que Planturel.

Au secours ! au secours !

Il est allé jusqu'à la baie dont il a ouvert la porte tout en appelant au secours.

## SCÈNE X

LES MÊMES, BRIGOT, puis JAMBART et MADAME JAMBART.

BRIGOT, entrant de gauche, deuxième plan.

Ah! Décidément, il n'y a pas moyen de fermer l'œil.

BARILLON.

Ah! mon oncle! venez! Jambart est là dedans, avec Frédégonde.

BRIGOT.

Eh bien! qu'est-ce que ça te fait? tu le savais bien.

BARILLON.

Mais voyons! il est avec ma femme!

BRIGOT.

Allons, bon! Voilà que c'est ta femme maintenant... Eh bien, et lui?

BARILLON.

Eh! Lui, il est garçon! Planturel, allez me chercher une pioche, un marteau.

PLANTUREL.

J'y cours.

BARILLON, à Brigot.

Et vous, frappez avec moi. (Ils frappent tous deux.) Je vais enfoncer la porte.

JAMBART, sortant en manches de chemise, il a sa vareuse sous le bras.

Ah ça! vous n'avez pas fini!

BARILLON, lui sautant à la gorge et le faisant descendre. en scène.

Tu oses te plaindre!

JAMBART.

Qu'est-ce qui vous prend ?

MADAME JAMBART, entrant en peignoir, un peu décoiffée et les vêtements en désordre.

Vous devenez fou?

BARILLON *.

Ce qui me prend? Lisez cet acte!... ce n'est pas mon mariage qu'on a cassé, c'est le vôtre!

JAMBART et MADAME JAMBART.

Hein?

Madame Jambart tombe assise sur le fauteuil de droite, se cachant la figure dans son mouchoir.

BARILLON.

Ce n'est pas vous, le mari! c'est moi!

JAMBART, déposant sa vareuse sur le dossier du fauteuil de gauche.

Vous? mais alors...

BARILLON, brusquement à Jambart.

Emile!... je vous en prie, soyez franc! Je ne vous en voudrai pas, avez-vous ouvert... avant?

JAMBART.

Vous dites?

BARILLON.

Oui, enfin... Suis-je à plaindre?

JAMBART, le dos tourné au public, tendant sa main droite à Barillon, et avec effort.

Ah! Mon pauvre ami...

* Jambart 1. — Barillon 2. — Madame Jambart 3. — Brigot 4.

BARILLON, *faisant une tête.*

Oh!

*Moment de silence.*

BRIGOT, *qui ne comprend rien.*

Ils me font pitié!

JAMBART, *brusquement redescendant au 2.*

Allons! il ne me reste plus qu'à prendre congé de vous.

TOUS.

Comment?

JAMBART.

Après ce qui s'est passé, je n'ai pas le droit de demeurer une nuit de plus sous ce toit.

MADAME JAMBART.

Vous partez?

JAMBART.

Oui, adieu!

*Il met sa casquette et fait mine de sortir.*

BARILLON, *d'une voix déchirée.*

Jambart!

JAMBART.

Quoi?

BARILLON, *lui passant sa vareuse.*

Mettez au moins votre vareuse!

JAMBART.

Merci!

MADAME JAMBART.

Et où allez-vous?

JAMBART.

Dans mon île; mais de cette île je ne vous perdrai pas de vue.

BRIGOT.

Il a de bons yeux!

JAMBART.

Je ne vous oublierai jamais!

BARILLON, qui est allé chercher son portrait sur le petit meuble entre les deux portes de gauche, très ému.

Emile... voici mon portrait.

JAMBART, avec émotion.

Ah! merci! (Il l'embrasse.) Je vous enverrai le mien. (A madame Jambart qui pleure à chaudes larmes.) Ne pleurez pas, Frédégonde.

MADAME JAMBART (3), éclatant et se précipitant dans les bras de Jambart.

Emile! (Puis entre deux sanglots.) Et votre phoque?

JAMBART, grand et généreux.

Je vous le laisse.

BARILLON, avec conviction.

Ah! Non, emportez-le, je vous en prie, emportez-le!

JAMBART.

Mais je voudrais bien embrasser notre enfant, votre, notre, enfin, comme vous voudrez.

MADAME JAMBART.

Oui, Virginie! Virginie!

## SCÈNE XI

LES MÊMES VIRGINIE, PATRICE, puis URSULE, puis PLANTUREL et TOPEAU.

VIRGINIE, entrant de gauche suivie de Patrice.

Maman.

MADAME JAMBART.

Dis adieu au capitaine.

Virginie va à Jambart et l'embrasse *.

BARILLON, à Patrice.

Ah çà! mais vous rentrez donc par les fenêtres!

PATRICE.

C'est le mot, monsieur, le vrai mot. J'ai voulu lui annoncer moi même le consentement de son beau-père.

JAMBART.

Je ne le suis plus!

PATRICE.

Allons donc!

BARILLON.

Non! le beau-père, c'est moi! Et vous allez sortir par où vous êtes entré.

Il poursuit Patrice autour du fauteuil qu'ils tiennent chacun par un des côtés du dossier. — Patrice redescend au n° 1.

URSULE, paraissant au fond.

Ah! mon Dieu! M. Planturel se bat dans le jardin avec un homme que je ne connais pas!

PLANTUREL, entrant du fond, en tenant Topeau par la cravate.

Ah! je t'y prends, maraudeur, à vouloir forcer la grille... (Le reconnaissant.) Topeau, vous!

TOUS.

Topeau!

TOPEAU.

Oui, Topeau!

* Barillon 1. — Patrice 2 (séparé à de Barillon par le fauteuil.) Madame Jambart 3. — Virginie 4. — Jambart 5. — Brigot 6.

BARILLON, allant à Topeau.

D'où sors-tu, malheureux?

TOPEAU.

Du palais de Justice *.

BARILLON.

Du dépôt des malfaiteurs?

TOPEAU.

Du greffe de la Cour de Cassation.

PLANTUREL.

Du greffe?

TOPEAU.

Je suis greffier, maintenant, mais je suis toujours un pochard. Et j'ai commis une erreur monstrueuse.

TOUS.

Encore!

TOPEAU.

Sur l'arrêt du Tribunal, j'ai copié de travers et j'ai mis un nom pour un autre.

TOUS.

Comment?

TOPEAU.

Ce n'est pas le mariage Jambart qui est cassé. C'est le mariage Barillon.

TOUS.

Ah!

BARILLON.

Mais qu'est-ce qui le prouve?

TOPEAU.

Voici la note de la main même du président. (Tombant aux genoux de Barillon.) Ah! pardon!

* Patrice 1. Madame Jambart 2. Virginie 3. Jambart 4. Barillon 5. Topeau 6. Planturel 7. Brigot 8.

TOUS.

Hein!

BARILLON.

Relève-toi, viens sur mon cœur.

Il l'embrasse follement, Brigot qui ne comprend rien, lève les bras au ciel et remonte au fond vers Planturel qui est remonté aussi.

JAMBART, embrassant madame Jambart.

Frédégonde!

Madame Jambart passe au 3.

PATRICE, tendant les bras à Virginie.

Virginie!

VIRGINIE, l'embrassant.

Mon beau Patrice!

BARILLON, allant à eux en passant devant madame Jambart, tandis que Brigot va à Jambart.

Ah! non, pas vous, là-bas.

PATRICE.

Mais puisque tout est arrangé.

BARILLON.

Jamais de la vie! Je reprends sa main.

VIRGINIE.

Ah! monsieur Barillon, croyez-moi. Vous n'avez jamais été et vous ne seriez jamais que mon beau-père.

BARILLON.

Hum! Beau-père est dur. Allons! Appelez-moi Barillon tout court. Je reste garçon.

Il gagne le milieu de la scène.

BRIGOT *, descendant à la droite de Barillon.

Tu restes garçon? Mais alors, quel est le mari, maintenant?

* Patrice 1. Virginie 2. Madame Jambart 3. Jambart 4. Brigot 5. Barillon 6. Planturel 7.

BARILLON.

Le mari? Eh! bien c'est lui.

BRIGOT.

C'est encore changé?

BARILLON et JAMBART.

C'est pourtant bien simple.

Ensemble.

BARILLON.

J'ai été marié à ma belle-mère. Mais on a cassé mon mariage, et c'est lui qui redevient le mari.

JAMBART.

Ma femme était sa belle-mère, mais il a rompu son mariage. Et c'est Surcouf qui devient le mari.

BARILLON.

Avez-vous compris?

BRIGOT.

Rien du tout.

BARILLON et JAMBART.

Eh bien, voilà!

BARILLON.

Et maintenant reprise du chœur!

TOUS.

Dans cet hymen que de magnificence,
Etc

Rideau

www.ingramcontent.com/pod-product-compliance
Ingram Content Group UK Ltd.
Pitfield, Milton Keynes, MK11 3LW, UK
UKHW031856260826
14628UKWH00002B/798

9 782019 718497